中文可以更好

10

公孫策說唐詩故事

公孫策　著

〈專文推薦〉

極對味的唐詩與歷史故事

季旭昇

公孫策，公孫策，公孫策，一枝辣筆，一張辣口，多少人為他著迷，為他喝采！

這樣的公孫策要談唐詩故事？有沒有搞錯？

一談到唐詩，大家的印象都是風花雪月，漢紙言情。公孫策和唐詩能對味嗎？不要急，大家翻開本書看一看，答案就揭曉了。不但對味，而且極對味，本書告訴我們，公孫策辛辣的筆鋒，巧妙的諷諭，原來是得自廣博的閱讀、深厚的累積。同時也讓我們知道，唐詩在風花雪月之外，有非常深沈的一面。大唐天威，四夷懾服，怎麼會只有風花雪月呢！在公孫策先生筆下，大唐天威是如何打造的，一層一層地鋪展開了，歷史的喟歎、生命的悸動，一句一句，悠悠流出……

讀本書，除了欣賞唐詩中的故事之外，同時要領略公孫策先生最擅長的部分。唐詩千千萬萬，為什麼公孫策先生挑了這幾首？故事林林總總，為什麼公孫策先生要講這幾則？

第一則寫「巫山雲雨」，看起來很風花雪月，故事的第一男主角楚懷王？不錯，就是那位不聽屈原的話，寵信靳尚、寵愛鄭袖，貪圖六百里土地而誤信張儀，與齊絕交，從此引發楚國一連串串的戰亂悲劇，最後還上了秦國的當，被強留在秦國，抑鬱而死的楚懷王！看了他一生的功業，再讀到「朝為行雲，暮為行雨」，我們還「風花雪月」得起來嗎？公孫策先生沒有寫楚懷王最後的下場，但是我們都應該知道！

管鮑之交，這是歷史上人人知曉的交友典範，管仲賤而有才，鮑叔牙貴而能知人，鮑叔牙對管仲的知遇之恩，不知道羨煞多少懷才不遇的傲骨。「翻手做雲覆手雨，紛紛輕薄何須數」、「未知肝膽向誰是，令人卻憶平原君」，在今日讀來，諸君不覺得有很深的感慨嗎？「昔為座上客，今為階下囚」，昔日情同父子，今日肝膽俱裂，古人固然不見得個個溫厚，但今人似乎特別澆薄！

「風蕭蕭兮易水寒，壯士一去兮不復還」，荊軻刺秦的故事，多麼高爽，令人崇慕！但是在公孫策先生的剖析下，我們看到燕太子丹刺秦，其實是為了報私仇，多麼諷刺！

戰國四公子之一的信陵君瀟灑慷慨，有情有義，門下養士數千，四海聞風慕向，這樣的人豈不是國之棟樑，君臣倚重的嗎！但是信陵君由於能力太強，情報太靈，讓魏安釐王不安，覺得地位受到威脅，所以始終對他不能信任，不敢倚重，即使國家受到重大威脅也無所謂！這樣的君王，不也是只想到個人的私利！

李斯，一個充滿權力欲望的讀書人，最後跟一個宦官趙高勾結，把國家大政當兒戲，賣掉了扶蘇，最後自己也被趙高賣了。這種人，現在好像也不缺喔！

名將李廣，一輩子為國為民，無役不與，奮不顧身，連部下都有十幾人封侯了，他卻一直不得封侯，「衛青不敗由天幸，李廣無功緣數奇」，真的只是數奇嗎？

這些千古奇人奇事，令人欷歔、令人神往的，如今在公孫策先生的筆下，藉著唐詩，一一的跟我們訴說，它可以長我們的智慧、可以磨我們的筆尖，且跟公孫策來，讀唐詩。

（本文作者現為台灣師範大學國文系教授）

〈專文推薦〉

讀典故，是完美中文的開始

何飛鵬

唐詩、宋詞為何傳頌千古？成為中國人的文學經典，原因在於其文字精煉、詞藻華麗，為後人所不能及，而其文字精煉的訣竅在於大量歷史典故的運用，任何一個典故，都創造了意於言外的想像空間，也使簡單的五言、七言絕句，能包容複雜的情感、思想、劇情與想像。

其實，任何中國古文都包括這一部分，古人的故事、文章，會形成後人得以運用的典故，而每一代的中國人，也都用自己的經歷，為後代增加新的典故，形成後人取之不盡、用之不竭的文章素材。

問題是，中國歷史的博大精深，而形成這些無數的典故，也是中國人閱讀上極大的困難，經常囿於某一典故的不可解或錯解，導致全文文意失真、偏差，甚或因而完全不能明白。

公孫策先生，為知名評論家，讀史、研究史，並擅長以古喻今，今幸能邀得公孫策先生為唐詩解讀，解讀其中的歷史典故，在其筆下娓娓道來，所有的歷史故事、人物躍然紙上，唐詩之精華更顯神韻，更易讀能懂，著眼於歷史典故，但也更深刻的註解了唐詩的內涵，一書兩用，誠讀者之福。

未來公孫策先生已發願，將用同樣的方法，為讀者解讀更多的歷史古籍，我也期待大家都能說完美的中文、寫完全的中文，這應是每一個中國人的核心競爭力。

（本文作者現為商周出版發行人）

目錄 Contents

目錄

目錄 Contents

目錄

目錄 Contents

公孫策說唐詩故事

目錄

目錄 Contents

〈代序〉

一夫當關，萬夫莫開
——詩句裡那根討厭的骨頭

【蜀道難】 李白

噫吁嚱[1]，危乎高哉。蜀道之難，難於上青天。

蠶叢及魚鳧[2]，開國何茫然。爾來四萬八千歲，不與秦塞通人煙。

西當太白有**鳥道**[3]，可以橫絕**峨眉**[4]巔。

地崩山摧壯士死，然後**天梯石棧**[5]相鉤連。

上有**六龍回日之高標**[6]，下有**衝波逆折**[7]之回川。

黃鶴之飛尚不得過，**猿猱**[8]欲度愁攀援。

青泥[9]何**盤盤**[10]，百步九折縈岩巒。**捫參歷井**[11]仰**脅息**[12]，以手撫**膺**[13]坐長歎。

問君西遊何時還，畏途巉岩不可攀。但見悲鳥號古木，雄飛雌從繞林間。

又聞**子規**[14]啼夜月，愁空山。蜀道之難，難於上青天，使人聽此凋朱顏。

連峰去天不盈尺，枯松倒挂倚絕壁。飛湍瀑流爭**喧豗**[15]，**砯**[16]崖轉石萬壑雷。

其險也如此，嗟爾遠道之人胡為乎來哉。

劍閣崢嶸而崔嵬[17]，一夫當關，萬夫莫開。所守或匪親，化為狼與豺。
朝避猛虎，夕避長蛇。磨牙吮血，殺人如麻。
錦城[19]雖云樂，不如早還家。蜀道之難，難於上青天，側身西望長咨嗟[20]。

欣賞詩仙李白如此才華洋溢又充滿想像力的詩句，讚賞之餘，總不免因為「蠶叢及魚鳧」一句，感到如鯁在喉——實在令人不知所指為何？

事實上，那一句正是全詩在「難於上青天」的奇絕破題之後，開始藉用古蜀國的傳說典故，以鋪陳四川與中原由隔絕而交通的由來，為描繪蜀道之難的骨架，添上血肉。

詩詞曲賦當中，有著太多的典故，這些典故對當時文人來說，屬「基本常識」。可是我們現代人所受教育，比起古人的讀書範圍廣得太多，因而不可能對「經史子集」裡的典故都能熟記於胸，於是乎，每讀到詩詞曲賦中較不熟悉的典故，那種感覺就跟蜀道「一夫當關，萬夫莫開」一樣——如同喉嚨被卡住似的難過。

話說回來，一旦知道了典故的故事，對詩歌的體會就能即刻升級。換言之，這本書就是嘗試給讀者一把「開關」的鑰匙，希望能經由讀詩而知史，由知史而更體會詩境。

〈蜀道難〉正是這種嘗試的最佳材料，因為這首詩引用典故既多，卻又都能環繞「蜀」的主題。

遠離中原的四川盆地，在遠古時期建立了一個古蜀王國，他們是羌民族的祖先，傳說中第一位國王就是「蠶叢」。相傳他生具異像「縱目」，也就是眼睛不是像我們一樣水平生長，而是豎著長，演變到後來，就成了「二郎神」雙眼中間那垂直的「第三隻眼」，而二郎神數千年來一直受到蜀人的奉祀。

蠶叢王死後，葬在石棺裡，他的人民因而有了「石棺葬」的習俗，我們在長江三峽江邊懸崖上看到的石棺，可能就是他的族人的遺跡。而四川三星堆出土的古文物當中，也有數具青銅的「縱目」人畫像。

蠶叢之後，數傳到魚鳧王。他響應周武王的號召參加伐紂戰爭，堪稱古蜀與中原的首次「有記載」交會。卻由於那一次參戰，蜀國精銳盡出國內空虛，南方部落的首領杜宇率眾攻入國都，取代成為蜀王。

可是魚鳧卻神化不死，傳說他「入於水而仙去」。三星堆出土的文物中，有很多「烏鳧圖騰」，那是一種捕魚的水鳥，渾身黑色，雙眼有光，在招魂儀式中古蜀人會用上它。

新蜀王杜宇也稱「望帝」，他的故事就比較為人所知了：相傳他死後，魂化為杜鵑（子規鳥），夜夜泣血，啼聲聽起來有點像「不如歸」。這是「子規啼夜月，愁空山」二句的典故。

杜宇做蜀王時岷江水災為患，他的宰相「開明」主持治水，鑿通了岷江和沱江，將一部分岷江水量疏導到沱江，人民很愛戴他，於是杜宇就將王位讓給開明——這幾乎就是舜將王位禪讓給治水英雄大禹故事的「四川版」。

大禹治水是在平原疏濬河川，開明卻得鑿通山陵，那個年代只有銅器，尚未有鐵器，古蜀人怎麼完成如此艱鉅的工程？原來他們發展出一套「火燒水淬」技術，先用柴火堆積在山岩上燒熾，然後澆水上去，幾番冷熱「三溫暖」之後，岩石炸裂開來。後來李冰父子開都江堰，成為中國第一個偉大的水利工程，就用上了古蜀人這種技術。

蠶叢石棺葬在山崖、魚鳧入水仙去、杜宇魂化杜鵑，都意味著「不死」。事實上，能夠「不死」都有一個必要條件——人民感念他們。李冰父子死了，但迄今香火不絕，就因為都江堰造福四川人民迄今，那才是真的不死。

開明王之後傳位第十一世蜀王好色，戰國秦惠王聽說，就向他提親，把五個女兒嫁給蜀王，蜀王大樂，派出五丁（五名勇士）前往迎娶，回蜀途中，見到一條大蛇遊竄山中，進入一個洞穴，五名勇士合力拽出大蛇，轟然一響，山崩，壓死了五丁和五位公主，而原來「橫絕峨嵋巔」的插天高山，因為「地崩山摧壯士死」，分成五座較低的山嶺，於是得以「天梯石棧相鉤連」，而改變了「四萬八千歲」的隔絕，從此才「與秦塞通人煙」。也因此，秦惠王能夠大軍開進四川，滅了蜀國。

李白號稱詩仙，除了詩句高逸脫塵之外，他本人頗近道教也使得他詩中常帶仙氣，本詩引用的蠶叢、魚鳧、杜宇等典故，更是道家「仙化」的思想源流。

怎麼樣？知道了這些詩句中的故事，是不是對整首詩有了更深刻的體會？這本書希望能幫你挑出卡在詩句中的無法下嚥的「骨頭」，好讓唐詩讀起來更容易「消化」。

公孫策
二〇〇三年十一月

註

1 感嘆詞。
2 蠶叢及魚鳧均是蜀王祖先的名稱。
3 艱險的道路。
4 山名，也做峨嵋。
5 天梯石棧都是棧道的意思。
6 在神話中，六龍為太陽神拉車。高標指蜀山最高的地方。全句表示，即使是六龍到了蜀山最高的山峰，也只能拖著太陽神的車子折回去。

7 指水波洶湧旋回。
8 指猿和獼猴。
9 山嶺的名稱。
10 形容迴旋曲折。
11 參與井都是星宿的名稱。形容彷彿伸手仰頭能摸到所見的星辰。
12 屏息的意思。
13 胸、內心的意思。
14 鳥名，指杜鵑鳥。
15 水石撞擊發出的聲音。
16 水流激撞岩石的聲音。
17 地名，在四川劍閣縣。
18 山勢高峻的樣子。
19 錦官城，在四川成都，古時是主錦官居住的地方。
20 嘆息的意思。

曾經滄海難為水

曾經滄海難為水，除卻巫山不是雲

【離思】元稹

曾經滄海**難為**水[1]，
除卻巫山**不是**雲[2]。
取次[3]花叢懶回顧，
半緣修道半緣君。

1很難將一般的水看成壯闊的水。
2不是美麗可觀看的雲。
3出入、經過。

序文提到開明治水打通氓江與沱江，連帶想到大禹治水打通巫山的傳說，再連帶想到有關巫山神女的傳說，一併寫來。

相傳西王母的第二十二個女兒瑤姬跟大禹有了戀情，大禹治水到了巫山，過不去，瑤姬派人送去一本能夠召喚鬼神的天書，動用神通之力幫大禹打通巫山。大禹上到巫山，但見朝雲細雨變化萬千，然後在雲樓玉臺中見到瑤姬，可是以天下為己任的大禹治水心切，辭別瑤姬下山。等到治水功成，在巫山上等候大禹的瑤姬和侍女，卻已經化為巫山十二峰，相傳其中最秀麗的神女峰，就是瑤姬所化。

然而，「巫山雲雨」的典故則來自宋玉〈高唐賦〉。

在這個故事版本裡，瑤姬是神農氏（炎帝）的女兒，尚未出嫁就死了，葬在巫山之陽（巫山南麓、長江北岸），所以稱為巫山之女。

戰國時，楚襄王來到雲夢大澤的高臺館，看到山上雲氣靄然，就問陪臣宋玉：「那是什麼？」

宋玉說：「那是朝雲。」

襄王再問：「朝雲是什麼？」

宋玉就對他說了一個先王（襄王之父楚懷王）的故事。

楚懷王到高唐之臺遊玩，夢見一個女子對他說：「妾是巫山之女，在高唐做客，聽說國君到高唐來，願薦枕席（自願陪你過一夜）。」於是夢中兩人春風一度，臨分手，巫山之女對懷王說：「妾在巫山之陽，高丘之岨，旦為朝雲，暮為行雨，朝朝暮暮，陽臺之下。」夢醒，楚懷王只看到巫山上的一片雲，於是命人為神女立廟，號曰「朝雲」。

宋玉說，楚襄王看到的雲氣就是「朝雲」，逗得襄王心中好生羨慕老爸的艷遇，於是當天晚上他也夢見了神女，「上古既無，世所未見」，真是美極了。可是楚襄王卻沒有老爸的艷福，因為他一見神女，居然陷入精神恍惚、悵然失志的狀態，而神女則堅守立場，不許侵犯，最終落得個牽腸掛肚、神魂顛倒而未能一親芳澤。

後來，「巫山雲雨」成了男女交歡的代名詞，「神女」卻成了妓女的代號，而瑤姫更傳說其魂魄化為「瑤草」——女子吃了瑤草，能使天下男子都愛上她。

元稹這首詩不是幻想神女，也不是繾念一夜風流，而是思念亡妻，「難為水」、「不是雲」意指今後不會再動情了。

曲終人不見，江上數峰青

【省試湘靈鼓瑟】錢起

善鼓雲和瑟[1]，常聞帝子靈，
馮夷徒自舞，楚客[2]不堪聽。
苦調凄金石，清音入杳冥，
蒼梧[3]成怨慕，白芷[4]動芳馨。
流水傳湘浦，悲風過動庭，
曲終人不見，江上數峰青。

1 雲和山以產琴瑟著稱，因此指琴瑟等樂器。
2 也指逐客或逐臣。
3 山名，即九疑山。
4 香草名。

大禹治水有瑤姬（巫山神女）相助，傳位給大禹的舜則娶了堯的兩個女兒——娥皇、女英，這兩位後來成了湘水之神。詩名〈湘靈鼓瑟〉，原典出自《楚辭•遠遊》：「使湘靈鼓瑟兮，令海若舞馮夷」。意思是將湘水的聲音想像成湘江之神在鼓瑟，而洞庭湖的波濤想像成河伯起舞。馮夷，是河伯的名字，相傳他服下了八種石頭而成仙，潛入大川成為河神。唐詩中有許多首提到他的名字（如劉禹錫〈傷秦姝行〉：「馮夷蹁躚舞瀁波」）。至於湘靈鼓瑟為什麼竟讓「楚客不堪聽」呢？因為有著娥皇、女英（堯的女兒故稱「帝子」）對大舜殉情的一段故事：

帝堯的兒子丹朱不肖，因此請各部落諸侯尋訪賢才，四岳諸侯推薦以孝順聞名的舜，於是堯將兩個女兒娥皇、女英一齊嫁給舜，堯過世以後，就傳位給舜。

舜南巡到現在的湖南，生病去世，娥皇和女英聞訊趕到湘江時，舜已經下葬在蒼梧山，她倆日夜慟哭，淚灑青竹，竹枝上呈現了斑痕，世稱「湘妃竹」。後來娥皇、女英在渡湘水時不幸溺死，湖南地方的人就為她們立廟，相傳娥皇是「湘君」，女英是「湘夫人」，《楚辭•九歌》就有〈湘君〉、〈湘夫人〉兩篇，顯見這個傳說在戰國時代已經普遍流傳。

至於錢起這首詩，又有一個故事：

錢起列名唐代「大曆十才子」之一，年輕時赴京應考，路過湘江，夜晚投宿客店，深夜聽到窗外傳來一個聲音吟哦：「曲終人不見，江上數峰青。」

錢起開門探望，什麼都沒看到，心中詫異，但並未十分介意。等到進了試場，考「詩」的時候，試題赫然是「湘靈鼓瑟」，於是那二句客店窗外傳來的詩句即刻出現在腦中，當場靈感十足，並且以這二句作為結尾。

主考官對這一首詩非常欣賞，擊節吟哦不已，於是錢起就考中了進士，而且名列前茅。

此情可待成追憶，只是當時已惘然

【錦瑟】李商隱

錦瑟無端五十弦，一弦一柱思華年。
莊生曉夢迷蝴蝶，望帝春心思杜鵑。
滄海月明珠有淚，藍田日暖玉生煙。
此情可待成追憶，只是當時已惘然。

前篇說到「湘靈鼓瑟」，瑟這個古樂器，據《周禮》記載：「雅瑟」二十三弦，「頌瑟」二十五弦。二十多根弦的樂器已經很複雜了，五十弦在古代實難想像。然而，李商隱此詩自有其典故：

秦始皇統一中國後，自覺功業前無古人，在高處不勝寒的心境之下，開始尋求長生不老之術，於是有封禪（封禪即可不死）的舉動，但是因為遇到暴風雨，只能在梁甫祭地，未能上泰山祭天。

漢武帝北伐匈奴，大漢天威遠播，同樣志得意滿，也不禁興起長生不老的欲望。因而在他的年代裡，方士、術士大行其道，各種「祥瑞」，如寶鼎、黃氣等一再「世現」（大概以馬屁胡謅的成份居多）。然而，寶鼎的出現卻意義不凡，有了寶鼎就可以和神「封禪」，相傳只有黃帝因為有寶鼎，才得以上到泰山舉行封禪大典。

漢武帝於是積極準備封禪泰山，他指定一位精通音律的寵臣李延年製做向天神致敬的音樂。此時，有人提出：「昔時黃帝命素女鼓奏五十弦的瑟，素女奏出的音樂悲切悽楚，黃帝想要制止她繼續鼓奏，卻無法停止，因而將那張五十弦的瑟劈成兩半，就僅剩二十五弦了。」

從那時起，二十五弦的瑟就此定型，《史記》說「琴瑟自此出現」，但《周禮》上明明有瑟的記載，很可能周朝到漢朝已失傳，漢武帝時再製造新的琴瑟。

這首詩還引用了幾個典故，「莊周夢蝶」大家熟悉，望帝化為杜鵑的典故請見「一夫當關，萬夫莫開」，此處不再贅述。「滄海月明珠有淚」一句，出自《傳物志》：「南海之外有一種『鮫人』，在水中居住，他們眼中流出的淚滴能化為明珠。」

至於「藍田日暖玉生煙」，指長安城東南方有藍田山，山上產玉，長安人稱他「玉山」。根據採玉人的說法，玉石礦受到太陽照射時，會出現「氤氳之氣」，採玉人望見了，在那下方就可以找到玉礦。

所以，本詩一起始就引用「五十弦」的瑟，是藉素女的音樂悲切訴說心裡的哀痛，莊周、杜鵑、淚化明珠也都是悼亡與哀思，暖玉生煙更是一種「可望不可即」的境界——這首詩是李商隱追念亡妻之作！

翻手作雲覆手雨，紛紛輕薄何須數？

【貧交行】杜甫

翻手作雲覆手雨[1]，
紛紛輕薄[2]何須數[3]？
君不見管鮑貧時交，
此道今人棄如土。

1 用來比喻人反覆無常。
2 形容人不敦厚。
3 還計算什麼，表示數不勝數。

「管鮑之交」說的是管仲和鮑叔（牙），他倆不但私交甚篤，並且公而忘私，成就了春秋五霸的齊桓公。

齊國發生內亂，國君被殺，有希望繼位的二位公子糾和小白都在外國，糾在魯國，小白在莒國（齊、魯、莒都在山東），管仲輔佐公子糾，鮑叔輔佐公子小白，雙方都希望能先回到齊國首都臨淄繼位。

魯國支持公子糾（干預內政？），派管仲先領一支兵馬，埋伏在莒國通往臨淄的必經之路，管仲用箭暗算小白，射中了腰帶的鉤子（管仲箭法很準，可是小白運氣更好），小白假裝被射死，「好消息」傳回魯國，護送糾的部隊因而放慢了腳步，小白趁機加緊趕回齊國，即位為齊桓公。

齊桓公派兵阻止護送公子糾的部隊，打敗了魯軍，放話給魯國國君：「子糾是我的兄弟，我不忍親手殺他，請魯君幫我『處置』了吧！管仲是我的仇人，請將他綁起來送回齊國，我要將他剁成肉醬才甘心。貴國如果不遵命的話，我就要攻進魯國了！」

其實，鮑叔已經向齊桓公推薦管仲：「國君如果只想以治理好齊國為滿足，有我鮑叔和諸大夫就夠了，可是如果想建立霸業，那就非管仲不行。管仲所在的國家一定強盛，這個人才不可失去。」

齊桓公接受了鮑叔的推薦，但是又怕魯國知道了，不放管仲回國，才故意做前述放話，果然魯國不敢違背。管仲回到齊國，桓公用非常隆重的禮節儀式任命他為大夫，主持國政。

管仲擔任齊國宰相，首先推動「拼經濟」。當時主要生產事業是農業，管仲第一步先改革稅制，依田地土質好壞、面積，調整不同等級的「實物稅」，取代以往（周公訂的井田制沿革）的勞役稅，讓農民完全「為自己耕作」，提高了生產動機，自然生產力大增。

接著他採行「本末並重」——那個時代，農業是「本」，工商業是「末」，士農工商的排名決定了社會階級，管仲卻將「四民」的階級層次，改成平行的「專業化族群」，相對提高了工商業的社會地位，也使得齊國由原本一個濱海小國，因為充分發揮魚鹽之利（非農耕）與貿易（商業），成為一個富裕國家，再以富裕的財政做為國防武力的後盾，將齊桓公抬上了諸侯盟主的地位，成為春秋五霸之首。

後來，鮑叔過世，管仲悼念他，說：「從前我窮困的時候，和鮑叔合夥做生意，賺了錢分配獲利，我多分一點，鮑叔並不認為我貪財，因為他知道我家境貧窮；我曾經為鮑叔謀事，結果事情搞砸了，鮑叔並不認為我愚笨，因為他知道時機有利、有不利，事情不成，未必是謀畫失誤；我曾經三次做官，三次都被國君罷黜，鮑叔並不認為我沒有才能，因為他知道是我的時運不好，而非才能不足；我曾經三次帶兵出征，三次都戰敗撤退，鮑叔並不認為我膽怯，因為他知道我家中有老母；公子糾爭位失敗，我忍辱被囚，鮑叔並不認為我無恥，因為他知道我不羞小節，而以功名不顯揚於天下為恥。真是生我者父母，知我者鮑叔啊！」

杜甫本詩主旨在嗟嘆，當時的人已經不再有管仲與鮑叔那種窮時相交，達時不相忘的德行，這是私交的部分，其實他倆的「公誼」——為了國家推薦人才，不忌諱別人位居自己之上的那種情操，更是愈來愈看不到了，今天看到的盡是那些「翻手作雲覆手雨」的貨色。

日暮聊為梁父吟

【登樓】杜甫

花近高樓傷客心，萬方多難此登臨。
錦江春色來天地，**玉壘**[1]浮雲變古今。
北極[2]朝廷終不改，西山**寇盜**[3]莫相侵。
可憐後主還祠廟[4]，日暮聊為梁父吟。

1 山名，在四川灌縣西北。
2 北辰，位在天中眾星拱之。
3 吐蕃入寇。
4 劉禪以諸葛亮為相，守宗廟三十餘年。

這首詩是杜甫因安史之亂避難到四川成都的感懷時事之作，末二句的意思是：連劉阿斗這種智商極低的亡國之君，都還能有廟奉祀香火，全都是靠諸葛亮的能幹——意在言外的是：杜甫處在的時代沒有一個像諸葛亮那樣足以力挽狂瀾的人，否則不致於讓亂臣賊子得逞，唐朝幾乎亡國。

〈梁父吟〉又作〈梁甫吟〉，諸葛亮高臥隆中時，喜歡吟誦〈梁父吟〉，〈梁父吟〉是敘述春秋齊國晏嬰（晏子）「二桃殺三士」的故事。

晏嬰被齊景公任命為宰相，上任之初，依中國的官場文化，要拜訪政壇大老、王公貴族、以及對國家有功勞的軍方耆宿，於是他去拜訪三位以「力搏猛虎」著稱的勇士——公孫接、田開疆和古冶子。

晏嬰去拜訪三位武將，姿態非常謙卑「過而趨」，卻因為晏嬰身材很矮，三位勇士身形魁梧，因而瞧不起他，連站起來迎接都不肯。

晏嬰受此屈辱，去見齊景公，說：「英明的君主蓄養勇力之士，必須讓他們懂得上尊下卑，可是國君您所蓄養的勇士，上無君臣之義，下無長率之倫，搞得不好就成為尾大不掉的禍患，我看還是除去的好！」

齊景公聽晏嬰的話有道理，可是又顧忌這三人勇武有力：「三子者，搏之恐不得，刺之恐不中也。」（殺不掉，反受其殃！）言下之意是，你晏嬰如果有把握，就去做，但若不成功，可得自行負責，大有「mission impossible」的味道。

晏嬰於是設下一計，用齊景公的名義送「二」粒桃子去給三位勇士，並且請他們「計功而食桃」（比一比誰的功勞大，誰就吃桃子）。

桃子送到三位勇士居處，公孫接首先發言：「我隨國君出獵，一次徒手搏野豬，又二次徒手搏乳虎，兩次都贏了，像我這樣的英雄，當然該我吃桃子囉！」伸手拿過一個桃子。

田開疆表功：「我隨國君出征，兩次以伏兵擊退敵人三軍，如此功勞，當然也該吃桃子。」伸手取走第二個桃子。

古冶子說：「我曾經隨國君同舟渡河，河裡一隻黿，竟然咬住駕車的馬不放，形勢緊急，我跟著那匹馬下水，在水底潛行『逆流百步，順流九里』，跟那隻黿纏鬥，最終牠被我整得筋疲力竭，只得低頭讓我殺了。於是我右手拎著黿頭，左手拉著馬尾巴，躍出水面。」說完，抽出劍來，要公孫接、田開疆把桃子放回桌上。

公孫接和田開疆同聲表示：「論勇，我們不如你；論功，也不如你；而我倆居然先把桃子拿在手上。取桃不讓，是貪；奪功不死，無勇。」兩人放回桃子，並且自刎而死。

古冶子一看事情「大條」了，慨然說：「他倆死了，我獨生，不仁；用話語貶損他人，不義；悔恨自己的行為卻不死，無勇。」於是也自刎而死。

桌上留下二粒桃子，地上躺著三具屍體，得意竊笑的當然是晏嬰。

諸葛亮「好為梁父吟」，當然不是想要效法晏嬰的害人計謀，而是因為他生於亂世，卻有一匡天下的大志，〈梁父吟〉剛好是「文人智取勇夫」的代表作。

事實上，晏嬰絕非一個機關算盡、陷害忠良的奸臣，而是將齊國振衰起敝的一位良相，他最為後人傳誦的故事，是在外交方面。

晏子出使楚國，楚王存心想挫他銳氣，就在會談之時，安排一個人被反綁著經過庭前，楚王問：「那是什麼人啊？」

左右回答：「是個齊國人。」

「他犯了什麼罪啊？」

「犯竊盜罪。」

楚王不懷好意的問晏子：「齊人都是盜賊胚子嗎？」晏子正經八百的回答：「江南有橘，拿到淮河以北種植，結果長出來的不是橘，而是枳（樹形矮，果實小而味酸，無法入口）。為什麼呢？因為水土使然。如今齊人住在齊國不當小偷，到了楚國卻當小偷，是不是水土的影響呢？」

晏子輔佐的國君齊景公，並不是像齊桓公那樣的雄才大略君主，所以晏子只能以他的才智，對外維持國家尊嚴，對內「諷諫」國君不要犯錯（諷諫是走曲線，直諫對不夠英明的君主無效）。

有一次，齊景公很心愛的馬死了，景公大怒，下令將養馬人處以死刑。晏子說：「這個養馬人還不明白他為什麼犯了死罪，請讓我給他說清楚，令他知罪。」

晏子在朝廷之上細數養馬人之罪：「國君交付你養馬的任務，你卻將馬養死了，這是第一條死罪。死去的馬，偏偏是國君最心愛的馬，這是你第二條死罪。你使得國君為了一匹馬而殺人，老百姓知道了，就會認為國君是個愛馬而不愛人的殘暴之君；諸侯聽說了，也將因此而瞧不起我們國君，這是第三條死罪。」

聽了這麼一番話，齊景公立即為之醒悟，急忙說：「放了他吧！免得損害我的名聲。」

於是我們又體會到杜甫是在諷刺什麼人：晏嬰輔佐齊景公的運氣，已經比管仲輔佐齊桓公差了；諸葛亮輔佐劉阿斗，運氣還比晏嬰更差；但是諸葛亮都還能維持國家的局面，那麼唐玄宗和楊國忠把一個大唐帝國搞成幾乎亡國，當然等而下之囉！

朝為越溪女，暮作吳宮妃

【西施詠】王維

艷色天下重，西施寧[1]久微[2]？
朝為越溪女，暮作吳宮妃。
賤日豈殊衆[3]？貴來方悟稀。
邀人[4]傅香粉，不自著羅衣。
君寵益驕態，君憐無是非。
當時浣紗伴，莫得同車歸。
持謝[5]鄰家子，效顰安可希？

1 怎能。
2 卑微。
3 不同的意思。
4 指宮女。
5 指把這個道理告訴某人。

這首詩詠的是西施，講西施當然不能不講勾踐和范蠡。

吳王闔閭與越王勾踐作戰受傷，傷重將死時，囑咐兒子夫差不可忘記父仇。夫差整軍經武，日夜想著報仇，派人站在宮中他每天必經的地方，見到他就高聲問：「夫差，你忘了父仇嗎？」夫差就神情嚴肅的回答：「夫差不敢（忘）。」

勾踐聽說夫差的種種作為，決定先發制人，越國大夫范蠡勸諫「不要輕易啟動戰爭」，勾踐不聽，動員大軍伐吳。

夫差那麼多年來等的就是這一天，立即出兵迎戰，雙方交戰結果，越軍大敗，勾踐帶著殘餘的五千兵馬被團團圍在會稽山上，無計可施，只好請教范蠡：「悔不聽你之言，如今該怎麼辦？」范蠡說：「現在只有用謙卑的言辭和厚重的禮物去求和，如果還不行，就連大王自身也去給他當隨從。」

於是派大夫文種去求和，文種「膝行」（用膝蓋前進，以示卑微）向吳王表達：「大王啊！亡國的臣子勾踐派了他卑微的手下文種，向您帳下值星官報告：勾踐請求做您的隨從，妻子做您的侍妾。」夫差想要答應，被伍子胥勸阻，勾踐再派密使以厚禮賄賂吳國太宰伯嚭，伯嚭說服吳王夫差，答應越國的求和。

勾踐回到越國，臥薪嚐膽（故事不贅述）等待時機報仇。一方面十年生聚、十年教訓，振興商業、獎勵生產，「拼經濟」成功，國力富強；另一方面，盡力供輸吳王夫差的物質欲望，其中包括一項秘密武器——西施。

西施原本是苧羅山下若耶村賣柴人家的女兒，在若耶溪旁浣紗、採蓮，被范蠡選中，和一千美女同被送去吳王宮中，很快就脫穎而出成寵姬，此即詩句所說「朝為越溪女，暮作吳宮妃」。

夫差為西施建了一座「館娃宮」，又築了一道「響屧廊」，西施走在上面「錚錚有聲」，並且為了和西施宴樂，從姑蘇到太湖之間遍築行宮台榭，日夜笙歌。

西施在吳宮十年，終於弄到一張姑蘇城防地形圖，奈何宮禁森嚴，送不出去。苦思三天想出一計：整天悶悶不樂，飲食無味，眉頭深鎖，夫差問她怎麼了？西施以手捧心，說：「近來常感心口疼。」

吳國的御醫治不好西施的「心病」（裝出來的病，當然治不好），吳王急得不得了，西施說：「我這個病從小就有，只要吃我的堂伯施老醫生的藥就好了。」

施老醫生被召到吳宮，「果然」一劑見效，西施將地圖反摺成一朵白花，由施老醫生帶回越國。

吳王夫差聽信讒言，殺了伍子胥，隔年，夫差率領全國精銳部隊到黃池參加諸侯會盟，在大會上，與晉國爭盟主之位。就在這時，勾踐動員全國兵力攻打吳國，靠著那張地圖得以長驅直入，一路打進姑蘇，吳國太子戰死，國內派去黃池告急的使者，卻因為夫差正在爭盟主，不能讓晉國曉得吳國內部危急，一連七位使者都被殺了滅口。

夫差爭到了盟主，但那卻只是曇花一現的霸業巔峰，趕回吳國的夫差師老兵疲，只能與越國講和，而且自此以後，越國一再興兵討伐，不讓吳國有喘息機會，最後終於滅了吳國，夫差自殺，自殺時用衣袖遮住臉孔，說：「我沒臉去見伍子胥。」

勾踐勝利了，並且取代吳國成為諸侯霸主。那西施呢？

范蠡瞭解勾踐「只能共患難，不能共安樂」，帶著西施泛舟而去，到了齊國棄政從商，從前在越國「拼經濟」成功的那一套，讓他發了大財，稱為「陶朱公」，後來更成為中國人的財神爺。

至於詩文末二句「持謝鄰家子，效顰安可希」，取材自《韓非子》杜撰的寓言「東施效顰」，故事大家都知道，就不贅述了。

護江堤白踏晴沙

【杭州春望】白居易

望海樓明照曙霞，護江堤白踏晴沙。
濤聲夜入伍員廟，柳色春藏蘇小[1]家。
紅袖織綾誇柿蒂[2]，青旗沽酒趁梨花[3]。
誰開湖寺西南路，草綠裙腰一道斜。

1蘇小小，南齊時錢塘名妓。
2指綾的紋，是說女工織的綾子以柿蒂的花紋最好。
3酒名。

這首詩提到了一位傳奇人物，春秋後期的伍子胥（伍員），他是楚國人，後來投奔吳國，英雄造時勢，因為他，掀起了吳、楚、秦、越之間的戰爭，更因而改變了春秋諸霸的局勢。

楚平王的太子名叫「建」，平王派伍奢（伍子胥的父親）做他的太傅，費無極（忌）做少傅，伍奢盡心輔佐太子，費無極卻等不及太子即位，一心想儘快擠進中央權力核心。

楚平王派費無極到秦國為太子娶親，秦女美貌，費無極便慫恿平王自己娶了秦女，另外為太子娶媳婦，而費無極因為這大功一件成了楚平王的寵臣。

可是，費無極又擔心將來太子建終有一天會繼位，必然對他不利，於是不停的在平王跟前「打針下藥」，先將太子建派去北方鎮守城父，然後造謠說太子在城父聚集兵馬，勾結諸侯，準備做亂。

楚平王召回太子太傅伍奢，質問太子圖謀造反的事，伍奢說：「大王為何聽信讒賊小臣之言，反而不信任至親骨肉呢？」費無極一旁插口再進讒言：「大王現在不制止他們，就來不及了。」

楚平王派人去城父殺太子建，太子建得到消息，先一步逃出國外。楚王囚禁伍奢，費無極又獻斬草除根之計：「伍奢有兩個兒子都很能幹，如果不一併殺掉，將成為楚國的後患。」

楚王派人傳話給獄中的伍奢：「把你的兩個兒子召來，就放你一條生路，否則處死。」伍奢知道這是斬草除根之計，但仍對使者說實話：「我的大兒子伍尚生性孝順，叫他來，他一定會來；可是小兒子伍員剛直忍辱，能成大事，他曉得來了也是陪葬，肯定不會來。」

楚王的使者前往傳喚伍奢的兩個兒子，伍尚果然要去和父親共患難，伍子胥說：「父子三人一起死，有什麼意義？與其含冤同死，父仇不得報，還不如逃奔他國，借兵雪恥。」於是伍尚赴死，伍員逃亡。

伍子胥先逃到宋國，會合流亡該地的太子建，再一同逃到鄭國，可是太子建心急，暗中聯絡晉國想滅掉鄭國做為自己的根據地，結果被鄭國殺死，伍子胥再奔逃吳國。

伍子胥投奔到吳國公子光門下當食客，當時國君是吳王僚。恰巧吳、楚邊境因為採桑葉的小衝突，一再擴大演變為兩國交兵，公子光帶兵攻下了楚國兩座城池而回，伍子胥就向吳王僚進言：「楚國可以攻破，請再派公子光去。」

可是伍子胥當時還不瞭解吳國內部的政治情勢，吳王僚是繼承父親的王位，可是他的父親排行第三，是由大哥、二哥兄終弟及傳位下來，而公子光是老大的兒子，心裡總認為傳到第二代應該由他繼承才對。

換言之，吳王僚的王位基礎有合法性的爭議，他和公子光之間的關係其實處於一種緊張狀態。因而，吳王僚不想讓公子光建立太多軍事上的功勛，以免聲望太高、兵權太重；公子光也不想輕易涉險，萬一吃敗仗，正好給吳王僚一個整肅他的藉口；於是伍子胥的進言未被採納。

終於，伍子胥搞清楚了形勢，決定押寶在公子光身上（這是一個明智的決定，因為公子光尚未得到政權，這一招叫做「燒冷灶」），他為公子光物色了一位刺客專諸，在一次宴會場合，專諸刺殺了吳王僚，公子光取代成為吳王闔閭（廬）。

吳王闔閭重用孫武（《孫子兵法》的著作者）練兵，並對伍子胥說：「以前是另有所圖（指王位），現在可以對楚國用兵了，請先生發揮長才吧！」

吳軍勢如破竹攻進了楚國郢都，當時楚平王已經逝世，楚昭王逃亡到北方，伍子胥將楚平王的屍體從墳墓裡挖出來，鞭屍三百下，算是替老爸和老哥報了仇。

楚國大夫申包胥跑到秦國求救兵（楚昭王就是楚平王和秦女生的兒子，秦國是楚國的娘舅家），哭了七天七夜，終於討來救兵，擊退吳軍，恢復楚國。

吳王闔閭經此一戰，威震中原稱霸諸侯，可是「螳螂捕蟬，黃雀在後」，吳國南方的越國趁虛而入，在一次戰役中，闔閭中箭傷了手指，後來傷重不治死亡。

吳王夫差繼位，明恥教戰，復仇大軍將越王勾踐圍困在會稽山，勾踐派人賄賂吳國太宰伯嚭，請求稱臣求和。伍子胥勸諫夫差：「勾踐深沉忍辱，現在不一舉消滅他，以後一定會後悔。」可是夫差不聽，同意越國和談。

北方的齊國國君去世，新君軟弱，大臣爭權傾軋，吳王夫差動員軍隊北伐，伍子胥又勸諫：「越國的勾踐才是吳國心腹之患，齊國對吳國好比一塊充滿石礫的田，一點用也沒有，還是先攻打越國才是，否則悔之晚矣！」

夫差已經厭倦了這位先王遺老的倚老賣老，可是伍子胥對吳國功勞太大，不好當面撕破臉，於是派他出使齊國，兼負探察虛實的任務。伍子胥使齊返國之前，對兒子說：「我眼看吳國就要滅亡，你還年輕，跟著陪進去沒有好處。」於是將兒子託付給齊國大夫鮑牧，自己回國述職。

他這種「唱衰吳國」又將兒子託付外國的行為，給了伯嚭見縫插針的機會，在吳王夫差面前進讒言，於是夫差派使者送伍子胥一把「屬鏤」寶劍，要他自殺。伍子胥仰天長歎：「我曾經幫你父親稱霸諸侯，更幫你立為太子，你現在卻聽信讒言殺一位長輩。」他吩咐家人：「我死了以後，將我的眼睛挖出來，掛在姑蘇城的東門上，我要目睹越軍進城。」說完自刎而死。

夫差聽說這老傢伙臨死還要詛咒自己，大發雷霆，下令將伍子胥的屍首裝在馬革裡面，漂流到江中（讓他死無葬身之地）。吳國人懷念他，為他在江邊建立祠堂，成為江神。

相傳伍子胥死後，因為積恨難消，怨氣驅動江水造成波濤，因而錢塘潮又稱「子胥潮」。問題是，吳子胥死在江蘇，他怨恨的又是吳王，怎麼會到浙江去興風作浪？

然而，杭州城內確有伍員廟，而為了防備錢塘潮（子胥潮）的海堤，正是「護江堤白踏晴沙」一句描寫的景象。

至於「誰開湖寺西南路」？那條路就是西湖斷橋向西南通過湖中到孤山的長堤，也就是「白堤」，正是白居易擔任杭州刺史時修建。白堤在春天草綠時「望如裙腰」，成為末句寫景藻飾。

鑄得寶劍名龍泉

【古劍篇】 郭震

君不見**昆吾**[1]鐵冶飛炎煙，紅光紫氣俱**赫然**[2]。
良工鍛煉凡幾年，鑄得寶劍名龍泉。
龍泉顏色如霜雪，良工**咨嗟**[3]嘆奇絕。
琉璃玉匣吐蓮花，**錯鏤**[4]金環映明月。
正逢天下無**風塵**[5]，幸得周防君子身。
精光黯黯青蛇色，**文章**[6]片片綠龜鱗。
非直結交游俠子，亦曾親近英雄人。
何言中路遭**棄捐**[7]，零落飄淪古獄邊。
雖復沉埋無所用，猶能夜夜氣衝天。

1 山名。
2 令人驚訝。
3 讚嘆的意思。
4 鑲嵌雕刻。
5 指戰亂。
6 錯染的花紋或色澤。
7 拋棄的意思。

本詩提到的這把龍泉寶劍，相傳是春秋時代兩位鑄劍大師干將和歐冶子，採用昆吾之精鐵（第一句即點出）合力鑄造而成。他倆本來是同門師兄弟，出師以後，一個去幫吳王鑄劍，一個去幫越王鑄劍。

干將的妻子名叫莫邪，也是干將鑄劍的助手。吳王闔閭慕其名，請干將為他鑄劍，干將遵照老師教導的方法，採集了最好的原料，選擇了最好的地點建熔爐，挑揀了最適合的日期時辰，開始投料熔煉，孰料，爐內金汁卻始終流不出來。

甘將找不出原因何在，急得不得了，卻又一籌莫展，還擔心若鑄不出劍會觸怒吳王，惹來殺身之禍。

莫邪說：「欲成神物，是不是有什麼特殊的訣竅？」

干將想起來：「以前我的老師鑄劍，銅鐵之汁流不出來，他們夫妻倆一起跳入爐中，然後才鑄造成劍。自此以後，凡開爐冶鑄都得披麻帶孝。」

莫邪說：「那就好辦了。」她剪下自己的頭髮和指甲，用三百位童男女拉動鼓風機，銅鐵汁終於濡動流出，鑄成了陰陽兩把劍，陽劍名干將，劍身上呈現龜紋，陰劍名莫邪，劍身呈現水波紋。干將藏起陽劍，將陰劍呈獻給吳王。

歐冶子為越王鑄劍，未流傳特別的故事，可是卻有「實物」出土。一九六五年在湖南一座楚國古墓中，出土一把黑漆木鞘的銅劍，劍身有「越王勾踐自作用劍」，這把劍安睡墓中二千多年，卻毫無鏽蝕，劍刃很薄，切紙測試「二十餘層一劃而破」。經過科學分析，劍脊含銅較高，韌性好、不易折斷；劍刃含錫較高，硬度大、十分鋒利——一把劍上，不同的部位有著不同合金成分，中國古代的冶金技術已經非常進步。

再證諸前一篇「護江堤白踏晴沙」故事當中，專諸刺殺吳王僚用的「魚腸劍」，既小又鋒利。還有「季札掛劍」的故事：吳國公子季札出使北方，經過徐國，徐國國君對季札的配劍，喜愛之情溢於言表，季札明白他的心意，可是為了出使中原諸侯必須配劍（當時的「禮服必備」），不能奉送。等到出使任務完成，回程再經徐國，徐君卻已去世，季札就將寶劍掛在徐君墓前的樹上——這是古人經常引用的一個「守信」的故事（儘管口頭未曾應允，但是心裡已答應，就必須信守）。

兩個故事都說明了：當年吳越的鑄劍技術的確勝過中原。而後來夫差、勾踐能以僻處東南的小國，稱霸於中原，冶金術（國防科技）進步應該是重要因素。

至於本詩提到的「龍泉」寶劍，後來淪落埋沒在一個古牢獄的廢墟之下，直到西晉時，宰相張華夜觀天象，發現斗、牛間有「紫氣上沖」，經判斷是「寶劍之精上徹於天」，才被發掘出來。

詩人郭震這首詩呢？是他受武則天召見時呈獻，借龍泉寶劍重見天日比喻人才，「雖復沉埋無所用，猶能夜夜氣沖天」，武則天看了非常欣賞，命人抄寫數十份，賜給朝臣（鼓勵士氣）。

前不見古人，後不見來者

【登幽州臺歌】

陳子昂

前不見古人，

後不見來者，

念天地之**悠悠**[1]，

獨**愴然**[2]而淚下。

1 亙古久遠，無窮無盡。

2 悲傷的樣子。

陳子昂是個有抱負、直言敢諫的人，可惜生在武則天專權時代，他的諫言非但不被採納，一度還被株連為「叛亂犯」。

契丹入侵河北，武則天派武攸宜率軍抵抗，陳子昂隨軍擔任參謀，武攸宜兵敗，陳子昂請求撥一萬人給他打衝鋒，武攸宜不答應，之後他的建言又都不受採納，還把他降為軍曹。

在這種憂心時局，卻懷才不遇的心境之下，陳子昂登上幽州臺，想起了古時此地「黃金臺」的故事，於是慷慨悲吟。

黃金臺又是怎麼回事？

戰國時代，齊國攻擊燕國，燕王戰死，宰相自殺，燕國有二年群龍無首，國不成國，之後，燕人擁立了燕昭王。

燕昭王一心復仇，放下身段招賢納士，他去訪問燕國的賢者郭隗，請教富國強兵之道。郭隗對他說：「建立帝業之君，與老師在一起；建立王業之君，與朋友在一起；建立霸業之君，與臣子在一起；亡國之君則與馬屁精、跟屁蟲在一起。尊敬有才能的人，就能吸引比自己強一百倍的人前來效力；做事比人先、休息比人後，就能得到比自己好十倍的人前來襄助；跟著別人有樣學樣，只能得到和自己才幹相若的幹部；靠著桌子、拿著棍子、斜著眼睛指揮別人，就只會得到庸才；如果暴跳斥責下屬，那就只剩奴才了。國君只要廣泛選拔國內人才，親自拜訪、禮遇有加，天下人聽說您的作風，那天下的英雄都會趕著到燕國來了。」

燕昭王問：「寡人應該去拜訪誰呢？」對國君這個問題，郭隗不做正面回答，他對國君講了個寓言：

古時候有位國君，懸賞千金徵求千里馬，經過三年仍得不到。有一位涓人（宮廷傳令人）自告奮勇外出尋覓千里馬，國君交付給他一千金。三個月後回報，說找到了，可是那匹千里馬已死，那位涓人花了五百金買了馬屍骨回來交差。

國君大怒，說：「我要的是活馬，你買個死馬頭骨回來幹嘛？還花了我五百金。」涓人回奏：「死馬尚且花了五百金，何況活馬？天下人必定認為國君肯出大價錢買馬，千里馬不久就會來到了！」

果然，不到一年之間，各地送來三匹千里馬求售。

郭隗說：「國君想要吸引天下英才，就請從我郭隗開始；如果連我郭隗這麼點才幹都能受到禮遇，何況天下那麼多比我更能幹的人，都會不辭千里而來。

於是燕昭王為郭隗建立宮室，以老師之禮相待，又在易水東南蓋了一座高臺，上面放了一千金，等候天下英雄來領取。不多年，樂毅從魏國來，鄒衍從齊國來，劇辛從趙國來，人才往燕國集中。

燕國富強後，任命樂毅為上將軍，攻打齊國連下七十餘城，接下去的故事是田單復齊，此處不表。我們都知道田單復國的故事，但鮮有人知道燕軍不是侵略之師，而是復仇之師，燕昭王由戰敗國「中興」的故事，足可媲美勾踐臥薪嚐膽。

陳子昂憂心時局，慨歎所處之時沒有燕昭王那種中興之主，更沒有禮遇賢士的作風，他空有滿腔抱負卻無用武之地。而戰國的燕正是當時的幽州（今天的北京一帶），登上高臺，地是而時非，只有「獨愴然而淚下」了。

讀過以上故事後，對這首過去朗朗上口的詩，再次體會詩境的感受，大不相同了吧！

昔時人已沒，今日水猶寒

【於易水送友人】
駱賓王

此地別燕丹，
壯士[1]髮衝冠[2]。
昔時人已沒，
今日水猶寒。

1 此處指送行的人。
2 帽子。

中國歷史上最有名的刺客故事——荊軻刺秦王。易水在燕國，燕昭王延攬天下士的黃金臺就築在易水旁，燕太子丹送別荊軻也在易水畔。

荊軻是衛國人，以劍術遊說衛元君，不受用，荊軻乃游歷齊、趙，最後到了燕國，受到燕國處士田光的禮遇。

燕太子丹先被送往趙國當人質，秦王嬴政（後來的秦始皇）是在趙國出生，小時候嬴政與燕丹兩人交情不錯，後來秦王政即位，燕丹卻又送去秦國當人質，秦王政對待這位小時玩伴並不好，因此燕丹懷著怨恨逃回燕國（所以，燕丹要刺殺秦王，私怨成份高於國家利益）。

秦國將軍樊於期得罪秦王，逃到燕國，燕丹收容他，燕國太傅鞠武認為這樣做會刺激秦國，陷燕國於危險境地，建議太子找田光商量一下。

太子去見田光，恭迎他上座，向他請教如何對付秦國，田光說：「良馬在年輕力盛時，一日能跑千里；等到牠衰老了，劣馬都能跑在牠前頭。田光已老，不過我的好友荊軻卻正好用。」

太子拜託田光引見荊軻，送到門口，更叮嚀一句：「我和先生交談的，都是國家大事，千萬別洩露出去。」田光低下頭笑著（笑太子的「小人之心」）說：「好！」

田光回到家中，對荊軻說明原委，荊軻一口答應，田光再說：「太子臨別對我說『國家大事千萬不要洩露』；這是太子不信任我了。希望你趕快去見太子，並且告訴他，田光已經死了，大事不會洩露了。」說完，自殺而死。

荊軻見到太子，述說田光自殺以明志，太子等荊軻坐定後，自己離席叩頭，說：「田先生讓我有機會與您共商大計，真是上天垂憐燕國，不忍讓它滅亡。如今秦國已經俘虜韓王，又向南攻楚，向北攻趙，趙國若投降，下一個就輪到燕國，燕國國小力弱，即使全國動員也不堪一擊，諸侯各國也已經不敢聯合（合縱）抗秦。

「為今之計，若能物色到一位勇冠天下的英雄，出使秦國，以重利誘惑秦王，劫持他，強迫歸還諸侯被侵略的土地；再不然，藉機刺死他，秦國的大將領兵在外，國內政情生變，君臣相互猜疑，諸侯就有機會聯合破秦了。」

「這是我的最大願望，只不過，這項重責大任不知該委託誰才好，請荊卿為我拿個主意。」

荊軻思考良久，說：「這是天大的事情，臣庸劣無能，只怕承擔不起。」太子又一次上前叩頭，形勢不容許荊軻推辭，荊軻終於答應了。

於是太子尊荊軻為上卿，給他住最高級的館舍，天天親自噓寒問暖，供給各種食品和珍奇之物，還送上車馬、美女，極力滿足荊軻的物質欲望。

這種日子過了好久，荊軻還沒有出發的意思。此時，秦國大將王翦已經攻破趙國，俘虜趙王，大軍向北推進到了燕國南方邊境。

太子丹心中的恐懼日甚一日，便請求荊軻：「秦軍旦夕間要渡過易水，我雖然想要永遠侍奉你，又哪能辦得到呢？」（你就別再賴了吧！）

荊軻說：「即使沒有太子這番話，我也正想要去拜見您了。如果就此前去秦國，卻不帶著足以讓他心動的東西一同去，還是無法挨近秦王身邊的。

那位樊（於期）將軍，秦王恨之入骨，懸賞千金萬戶要捉拿他。如果能得到樊將軍的人頭，和燕國精華地區督亢的地圖，帶去奉獻給秦王，秦王肯定會高興的接待我，那樣才能達到我們的目的。」（奉獻一般珍奇寶物的話，秦王可能派人收下，只有人頭和地圖，必得親自審閱，使節才有機會上前說明。）

太子不忍開口向樊於期要人頭，荊軻便自己去見樊於期，問：「秦王對待將軍真是太狠毒了，你的父母族人都被殺害，沒死的也給人家當奴婢，現在又懸賞千金萬戶要你的腦袋，你有何打算呢？」

樊於期仰起頭來，長歎一聲，含著淚說：「我樊於期每想起這些事，痛入骨髓，只是想不出報仇的方法。」

荊軻：「我有一個辦法，可以報將軍之仇，可以解燕國之難。」

樊於期：「什麼辦法？」

荊軻：「如果能得到將軍項上人頭，拿去獻給秦王，秦王必定高興的接見我。那時候，我左手抓住他的衣袖，右手以匕首刺擊他的胸膛。這樣，將軍之仇可報，燕國之難可解。將軍你看怎麼樣？」

樊於期袒露一肩，以左手緊握右臂，說：「這正是我日夜憤恨，切齒椎心的事情，沒想到今天才聽到這個辦法。」說完自殺而死。

燕太子丹以百金買到天下最鋒利的「徐夫人匕首」，叫工匠在匕首上淬毒，拿活人做實驗，才只畫破皮膚，流下一絲血液，那人立即死去。

萬事齊備，荊軻等候一位朋友來到，同去執行刺客任務，太子丹嫌他延遲，懷疑荊軻後悔，就派一個燕國勇士秦舞陽當副使，催促荊軻上路。

太子和賓客都穿戴白衣白帽到易水邊為荊軻餞行，荊軻唱出：「風蕭蕭兮易水寒，壯士一去兮不復還。」送行者聽了，為之頭髮豎起，連帽子都被衝高了幾寸。

荊軻到了秦國，果然秦王政龍心大悅，要在朝會上召見燕國使者，向大臣們展示樊於期的人頭（讓大家看看背叛者的下場），並且親自審閱督亢地圖。

荊軻捧著人頭匣子，秦舞陽捧著地圖匣子，兩人一前一後走到咸陽宮的階前，秦舞陽因為害怕，臉色都變了，秦國群臣都覺得奇怪。荊軻回頭向秦舞陽笑笑，然後向前謝罪：「北方（燕國地處北方）粗鄙之人，從未見過如此大場面，所以失態了，請大王寬恕。」秦王對荊軻說：「把他捧著的地圖拿上來。」於是荊軻便自己拿過地圖匣子，上殿呈給秦王。（原先計畫由秦舞陽下手，這下子情況生變，必須由荊軻來執行刺殺任務。）

秦王展開地圖，圖窮匕現（匕首捲在地圖中心），荊軻左手握住秦王衣袖，右手拿起匕首就刺，卻一擊不中，秦王受驚一躍而起，連衣袖都掙斷了，荊軻拿著匕首，繞著柱子，在宮殿上追逐秦王。最後，秦王拔出佩劍，砍傷了荊軻，刺客任務失敗。

這是《史記》中最悲壯的一頁。駱賓王在易水畔送別友人，觸景傷情，因為當時武則天顛覆了唐王朝，特務橫行，以高壓恐怖手段統治。後來，徐敬業起兵聲討武則天，駱賓王為他起草「討武氏檄」，文采飛揚，甚至連武則天看了都開口讚賞。

所以，這首詩不僅是因地懷古而已，更是詩人心中正有著「衝冠之怒」，也想要「力抗暴秦」啊！

十步殺一人，千里不留行

【俠客行】李白

趙客縵胡纓[1]，吳鉤[2]霜雪明。銀鞍照白馬，颯沓[3]如流星。
十步殺一人，千里不留行。事了拂衣去，深藏身與名。
閒過信陵飲，脫劍膝前橫。將炙啖朱亥，持觴勸侯嬴。
三杯吐然諾，五嶽倒為輕。眼花耳熱後，意氣素霓[4]生。
救趙揮金槌，邯鄲先震驚。千秋二壯士，烜赫[5]大梁城。
縱死俠骨香，不慚世上英。誰能書閣下，白首太玄經[6]。

1 粗纓沒有紋理。
2 刀名。
3 迅疾。
4 虹雲。
5 名聲很盛。
6 揚雄所著。

這是戰國四大公子之一魏國信陵君「盜符救趙」的故事，故事中有兩位「士為知己者死」的古之俠者。

信陵君名魏無忌，是魏昭王的小兒子，也是魏安釐王的同父異母弟弟，作風謙和，折節下交各方賢士豪傑，門下有食客三千人。

有一次，信陵君和安釐王正在下棋，北方邊境傳來警報：「趙國軍隊逼近國界！」安釐王放下棋子，想要召集大臣會商對策，信陵君說：「趙王是出獵，不是要侵犯魏國。」果然，沒多久消息又來了：「趙王是打獵經過，未侵犯邊界。」安釐王吃驚問信陵君：「公子怎麼知道的？」信陵君說：「我的門客中有人對趙國消息靈通，趙王的舉動，他馬上就會通知我。」誰曉得，魏王因此而忌諱信陵君，不敢把國家大事交給他。（非經授權而能建立如此靈通的情報網，換誰當國君都會忌諱的。）

魏國有個隱士侯嬴，七十歲了，生活貧窮，擔任首都大梁城東門的守門小吏。信陵君派人送禮物給他，侯嬴不肯接受，說：「我幾十年來修養身心，不會因位卑家貧收你厚禮。」

信陵君於是辦了一個盛大宴會，等賓客坐定後，親自帶著隨從，車上空出左邊的座位（古時候左面為尊）去迎接侯嬴。侯嬴上了車，也不謙讓，就在左邊坐下，只見信陵君親自操控馭韁，態度更加謙恭。

半路上，侯嬴對信陵君說：「臣有個朋友在市場裡，請委曲您的隨從，一同去拜訪他。」（這簡直是將信陵君當馬夫了，可是侯嬴的稱呼措辭卻有分寸，讀者不妨體會他考驗信陵君誠意的藝術。）

一行浩浩蕩蕩到了市場，侯嬴下車去見朱亥，朱亥是個屠夫，侯嬴故意和他站著談話許久，眼睛偷瞄信陵君的反應，只見信陵君的神色更加溫和。

回到宅邸，滿座賓客早已等得不耐煩，信陵君領著侯嬴上坐，並一一介紹賓客，酒至半酣，侯嬴這才對信陵君說：「今天侯嬴真是難為公子了，我只是守東門一小吏，公子卻親自駕車來迎接，而我為了成就公子愛才的名聲，故意讓大梁市區人群看見那一幕。市井都認為我是小人得意忘形，而更加稱讚公子。」

侯嬴又推薦朱亥是個人才，隱居在市井屠夫之間。信陵君多次去拜訪朱亥，朱亥卻從不回拜。

西方的秦國打敗趙國，在長平之役坑殺四十萬趙軍，包圍趙國首都邯鄲。

信陵君的姊姊是趙國平原君的夫人，寫信給魏安釐王和信陵君，請派援兵。安釐王派將軍晉鄙率領十萬軍隊救趙，秦昭王得到消息，派使者告訴魏王：「我攻打趙國，旦夕之間就要攻下邯鄲，諸侯哪個敢救趙，我滅趙之後，下一個就打他！」安釐王怕了，就通知晉鄙暫時停止行軍，駐紮在鄴城，採觀望態度。

平原君派來求援的使者「冠蓋相望，絡繹於途」，對信陵君造成很大的壓力。信陵君這個人，視自己的名聲超過生命，如果趙國滅亡而他沒有去救，以後就沒臉在國際間遊走，可是又自忖魏王一定不肯派兵救趙，無計可施之下，決定集合自己門下賓客，湊組一百多輛兵車，要去抗秦救趙。（送死？）

「信陵軍」由大梁城東門「出征」，見到侯嬴，信陵君向他詳述緣由與赴死決心，侯嬴說：「公子加油！老臣不能追隨了。」（！）

信陵君出城數里，心中老生不快，掉轉車馬回頭找侯嬴。侯嬴笑著說：「臣知道公子一定會回來的！公子愛重士人，天下聞名，如今卻落得無計可施要去和秦軍拼命，那就像把肉投給餓虎一樣——肉怎麼砸得死老虎呢？還養什麼賓客？可是公子待臣如此禮遇，公子要去赴死，老臣竟不追隨，公子心中必定遺憾，所以知道您一定會回來。」

信陵君向侯嬴再拜請教，侯嬴支開眾人，私下對公子說：「晉鄙的兵符（古時大軍出征，將兵符一剖為二，國君下命令時，兩符相合，命令才生效）放在國王的臥室裡。現在最受寵愛的是如姬，而公子曾派賓客為如姬報了殺父之仇，只要公子開口，如姬一定會幫您這個忙（盜符是死罪，可是古人為報答代復殺父之仇，如姬雖死亦無憾），得了虎符，奪了軍權，才有能力解除趙國的包圍。」

果然，如姬幫信陵君盜取了晉鄙的兵符，信陵君將要出發，侯嬴又說：「即使驗核兵符沒問題，但若晉鄙不肯交出軍權，再派人回京請示，公子就很危險。您還記得朱亥嗎？此人是個大力士，帶他一道去，緊急時必有作用。」

信陵君再去邀請朱亥，朱亥笑著說：「臣只是個屠夫，公子卻數度親自來訪，臣之所以不回拜，是不想拘泥這些凡俗禮節。現在公子有急難之事，這才是我不惜生命回報您的時機。」朱亥慨然答應同行，信陵君出城時再向侯嬴辭行，侯嬴說：「臣本應同行，可是年紀大了，跟去反而累贅。我估計公子行程，在您到達晉鄙軍中那天，我將面向鄴城自殺，以答謝公子的情義。」（侯嬴明白信陵君犯的都是死罪，即使成功也回不來魏國，此生見不到了，所以一死以報答知遇之恩。）

信陵君到了鄴城，假傳魏王命令，晉鄙驗核兵符無誤，可是心中仍存疑，不肯交出軍權。朱亥站在旁邊，拿出藏在衣袖裡的四十斤重鐵槌（四十斤重藏在袖裡，還讓人看不出來，真是大力士了），劈頭一傢伙，結束了晉鄙的性命。

信陵君下令：「父子同在軍中者，父親回家；兄弟同在軍中者，哥哥回家；沒有兄弟的獨子，回家奉養父母。」十萬大軍挑選為八萬精兵出擊，秦軍撤退，邯鄲解圍。

侯嬴，果然自殺以報信陵君；朱亥，事後並未繼續追隨信陵君，仍然過他的隱名生活——「事了拂衣去，深藏身與名」。

信陵君呢？不敢回魏國，只好寄居在趙國，後來秦軍攻魏，趙王將上將軍的印信交給信陵軍，領趙軍援魏，信陵君又遍告諸侯這個消息，諸侯因信陵君的國際聲望而伸出援手，於是信陵君率齊、楚、趙、韓、燕五國聯軍，在黃河南岸擊敗秦軍。諸侯賓客各個呈獻兵法給信陵君，信陵君將之集結，成為《魏公子兵法》。

未知肝膽向誰是，令人卻憶平原君

【邯鄲少年行】高適

邯鄲城南游俠子，自矜[1]生長邯鄲裡。
千場縱博[2]家仍富，幾度報讎身不死。
宅中歌笑日紛紛，門外車馬常如雲。
未知肝膽向誰是，令人卻憶平原君。
君不見即今交態[3]薄，黃金用盡還疏索[4]。
以茲[5]感嘆辭舊遊，更於時事無所求。
且與少年飲美酒，往來射獵西山頭[6]。

1 自誇。
2 指豪賭。
3 友情的深淺程度。
4 疏遠分散。
5 因此。
6 馬服山，在邯鄲北。

平原君趙勝是戰國「四大公子」的另一位，曾經四度擔任趙國宰相，三次下台又三次復職，禮賢下士延攬賓客，門下食客數千人。

詩人藉懷念平原君，以發抒自己懷才不遇的感傷，主要是針對以下這個故事。

前一篇提到秦兵包圍趙國首都邯鄲，平原君除了以書信向信陵君告急之外，更親率賓客組團到楚國求援。

平原君要挑選二十位賓客隨行，挑來挑去，只選中了十九人，還少一位。此時門下食客中有一位名叫毛遂，上前自我推薦，願意一同前往楚國。平原君不認識他，問：「先生在我門下有多久了？」毛遂回答：「三年。」

平原君：「一個人才，就好像鐵錐放在布帛裡，很快就會刺穿布料露出頭來。可是你已經來了三年，沒聽過有人稱讚你、推薦你，可見你沒什麼才能（跟去也沒用），你還是留下吧！」

毛遂：「我今天就是請求您，試著將我放進布帛的呀！要是我毛遂以前有機會放進布帛，早就脫穎而出了，不只是錐子露頭而已！」（「穎」是劍穎，毛遂意指其他賓客只是「錐」而已，他自己則是「劍」。這一段是三個成語「毛遂自薦」、「錐處囊中」和「脫穎而出」的典故出處。）

平原君聽此人既能口出大言，也就姑妄一試，讓他同行。

到了楚國，平原君面見楚王，商量聯合抗秦，可是儘管他一再陳述趙楚兩國的利害關係，楚王卻始終遲疑。從早上談到中午，會議毫無進展，那另外十九位賓客就慫恿毛遂發言。

毛遂按劍走上台階，問平原君：「合縱抗秦的道理，三言兩語就可以講清楚、說明白，卻談了半天不能決定，是何原因？」

楚王問平原君：「這個人是誰？」

平原君：「是我的隨從。」

楚王呵叱毛遂：「還不下去！我正和你主人談事，你打什麼岔！」

毛遂按著劍，一個箭步到了楚王面前，說：「大王如此喝斥我，是仗恃楚國強大。可是，眼前十步之內，楚國再強大也沒用，因為您的性命就懸在我毛遂手裡。從前，商湯以七十里統治天下，文王以百里號令諸侯，豈是以他們士卒眾多的緣故？其實是他們能夠正確的判斷形勢，把握機會，一舉成功。當前楚國擁有五千里土地，有百萬雄師，楚國的強大，沒有人抵擋得住，這正是稱霸天下的大好機會，不是嗎？白起（秦將）是什麼角色？然而他率領幾萬人的部隊攻打楚國，一戰攻下鄢、郢兩城，再戰焚毀楚國宗廟，三戰污辱了大王的祖先，這是百代都不能化解的怨仇，連趙國都為您感到羞恥，可是大王您卻不以為恥。大王要認識清楚，合縱抗秦，完全是為了楚國，並非只為趙國。」

楚王聽他一口氣說完，臉色轉為和悅，說：「你說的對極了，我願傾楚國之力，與趙國一同抗秦。」

毛遂打蛇隨棍上：「合縱的事，就這樣決定了嗎？」

楚王：「對，就這樣決定了！」

毛遂向楚王左右吩咐：「拿雞狗馬血來。」

毛遂捧起銅盤，請楚王先歃血，然後是平原君，再來是自己，接著招呼另外十九位賓客：「你們也在堂下歃血吧！像你們這些碌碌之輩，真所謂『因人成事』啊！」

平原君完成任務，趕回趙國（邯鄲仍在包圍中），感慨的說：「我再也不敢以貌取人了。我以前觀察人的優劣，多達千人，少說也有數百，自以為不曾錯過天下人才，今天卻對毛先生看走了眼。毛先在楚國的表現，讓趙國的分量重於九鼎和大呂（意思是受重於諸侯國際），毛先生以三寸之舌，強過百萬大軍。我再也不敢說我善於『相士』（賞識人才）了。」

這一趟任務成功，楚王派春申君帶兵救趙，而魏國信陵君奪了晉鄙的兵權（故事見前篇），也及時趕到，於是秦軍就撤了邯鄲之圍。平原君這一回能夠拯救國家危局，除了因為他個人的國際聲望與關係之外，門下食客人才濟濟更是重要原因。

平原君「愛士」另有一個故事：

平原君官邸鄰居有一位跛子，有一天，這跛子拖著腳步去井旁打水，平原君家中一個美人（侍妾）從樓上看到那情景，禁不住笑出聲來（相當不尊重的行為）。

第二天，那跛子上門求見平原君，說：「我聽說你很愛才，所以不辭千里來依附你。我不幸而殘障，而你後宮卻有位美人訕笑我的行動不便，我要那訕笑我的人的頭，以示你尊重人才超過妾婢。」

平原君打發他走後，笑著對左右說：「就因為被笑，而要我殺掉美人，豈有此理！」

那跛子的要求是過了頭，可是平原君這番話卻產生了副作用——一年多的時間，門下賓客有一半以上漸漸離去。平原君問：「我趙勝對待門下賓客，從來沒有失禮的地方。可是為什麼有那麼多人要離去呢？」

門下有人直陳：「就是因為您讓大家以為，您只愛美人而輕視才士的緣故。」

平原君聞言，立刻砍下那美人的頭，並且親自登門向那跛子謝罪。之後，他的門下賓客才又漸漸回來。

以今天的標準來看，平原君是個「人權罪犯」，但是在那個時代，這種舉動實足以讓人心甘情願為他肝腦塗地。

滄海得壯士，椎秦博浪沙

【經下邳圯橋懷張子房】 李白

子房未虎嘯，破產不為家。
滄海得壯士，椎秦博浪沙。
報韓[1]雖不成，天地皆振動。
潛匿[2]游下邳，**豈曰**[3]非智勇。
我來圯橋上，懷古**欽**[4]英風。
惟見碧流水，**曾無**[5]黃石公。
嘆息此人去，蕭條**徐泗**[6]空。

1 報答韓國。
2 躲藏的意思。
3 怎麼說。
4 欽佩。
5 並沒有。
6 指徐州、泗州。

開宗明義第一句就點明這首詩講的是「張良未虎嘯」之時的故事，也就是他追隨漢高祖劉邦之前的事蹟。

張良的祖先在戰國的韓國歷任五代相國，秦滅韓，張良「破產不為家」：他的弟弟死了，他卻不為弟弟治喪，而將家產全部變賣（他家產很多，光是家中僮僕就有三百人），招募刺客想要刺殺秦始皇。

張良在東夷結識了豪傑滄海君，滄海君為他物色一位大力士，還特製了一百二十斤重的大鐵椎，只等待行刺良機。

秦始皇東巡，想要尋訪海上仙山的仙人，謀求長生不死之術。張良帶著大力士，大力士帶著大鐵椎，在博浪地方的沙丘埋伏。秦始皇車駕經過博浪沙，刺客一躍而出，一百二十斤的大鐵椎粉碎了車子——可惜，「誤中副車」，沒有擊中秦始皇。秦始皇雷霆震怒，下令全國嚴格查緝，限期破案。

張良改名換姓，亡命躲藏在下邳（江蘇邳縣）一帶。有一天，散步經過一座橋（即詩題之圯橋）上，對面走來一位老翁，身穿粗陋的毛衣，經過張良身邊的時候，故意將一隻鞋弄掉到橋下，然後對張良說：「年輕人，下去幫我把鞋撿上來。」

張良聞言一愣，第一反應是揍他，可是看他一大把年紀，強忍怒火，下橋為他拾起鞋子，孰料老翁居然說：「幫我穿上。」張良好人做到底，再跪下幫老人穿鞋。

那老翁毫不客氣，伸出腳讓張良為他穿好鞋子，連謝謝也不說一聲，笑著走了！張良大為吃驚（天底下居然有這種人），眼睜睜望著老翁離去（真是看呆了）。

老翁走了一里多，又走回來（張良還呆在那裡），說：「孺子可教也（你這年輕人有慧根）！五天後，天亮時在這裡跟我見面。」張良心中納悶（葫蘆裡賣什麼藥？），但是仍跪下答應。

五天後，天色微亮，張良就動身前往圯橋。嘿！老人家已經先到了，生氣的說：「為什麼比我還晚到？過五天再來。」轉頭就走。

過了五天，張良在五更雞鳴時到達橋上，老人家又已經等在那裡，再被斥責一番，相約五天後再來。

又過五天，張良半夜就去橋上等候，沒多久，老翁就到了，一見張良已經在那裡恭候他大駕，很高興，說：「這才像話嘛！」老翁從懷裡取出一卷竹簡編成的書，說：「讀通此書，就可以擔任王者師了。十年後，你將大有成，十三年後到濟北來見我，我就是穀城山下的黃石。」說完隨即離去。

張良等到天亮，打開竹簡書閱讀，原來是《太公兵法》。從此鑽研此書，後來幫助劉邦取得天下。

十年後，陳勝、吳廣揭竿起義抗秦，天下鼎沸，群雄並起。又過三年，張良追隨劉邦征戰，經過濟北，果然見到穀城山下有一塊黃石，張良為那塊黃石建祠供奉。

張良在劉邦平定天下以後，經常說：「我家幾代擔任韓國宰相，秦國滅了韓國以後，我不惜萬金為韓國報仇（破產不為家），博浪一椎令天下震動。如今以三寸不爛之舌，作帝王的師傅，封賞萬戶，位列諸侯，這是一個布衣出身的最高願望了，對我張良來說已經心滿意足。我只希望能放棄人間俗事，追隨仙人赤松子，學習長生不老之術。」

於是開始不食煙火，修煉導引吐納之術，意圖讓身體變輕（以求升仙）。其實，他是看到劉邦誅殺包括韓信在內的功臣，兔死狐悲，做出這些言行以減低劉邦的猜疑之心。後來是呂后強迫他恢復進食，得以多活了八年，他死後，連同黃石一併下葬，後人上墳祭掃時，祭張良也祭黃石。

李白與爾同死生

【襄陽歌】 李白

落日欲沒峴山[1]西，倒著接籬[2]花下迷。
襄陽小兒齊拍手，攔街爭唱白銅（鞮[3]）。
旁人借問笑何事，笑殺山翁[4]醉似泥。
鸕鶿[5]杓，鸚鵡杯。
百年三萬六千日，一日須傾三百杯。
遙看漢水鴨頭綠，恰似葡萄初醱醅[6]。
此江若變作春酒，壘麴[7]便筑糟丘台[8]。
千金駿馬換小妾，笑坐雕鞍[9]歌落梅[10]。
車旁側挂一壺酒，鳳笙龍管[11]行相催。
咸陽市中嘆黃犬，何如月下傾金罍[12]。
君不見晉朝羊公一片石[13]，龜頭剝落生莓苔。
淚亦不能為之墮，心亦不能為之哀。
清風朗月不用一錢買，玉山自倒[14]非人推。

1 山名。
2 帽子。
3 謠曲名。
4 指晉代名士山簡。
5 水鳥。
6 重釀而沒過濾的酒。
7 酒曲。
8 紂王用酒糟築的台子。
9 有裝飾的鞍。
10 古曲名。
11 笛子。
12 金酒器。
13 後人為紀念羊祜所立的墮淚碑。

舒州[15]**杓，力士鐺**[16]**，李白與爾同死生。**
襄王[17]**雲雨今安在，江水東流猿夜聲。**

14 指人酒醉欲倒。
15 地名。
16 飲器。
17 指楚襄王。

李白這首詩和他寫〈蜀道難〉引用古蜀典故一樣，用上了和襄陽有關的幾個故事。

晉朝山簡是「竹林七賢」之一山濤的兒子，官拜鎮南將軍，轄區由兩湖到兩廣，肩負封疆大任，卻終日飲酒作樂，經常大醉而歸，所以引得街坊小兒都笑他。可是李白也嗜杯中物，反而認為山簡那樣喝得不夠多，人生就該「百年三萬六千日，一日須傾三百杯」，那才叫過癮！

晉朝初年另一位鎮守襄陽的大將，被認為是討平東吳、統一全國居功厥偉的羊祜，他每逢日麗風和，喜歡登上城郊的峴山，曾經在山頂上對僚屬賓客說：「古往今來到此登高遠眺的賢達人士，像我們這樣的角色多得是，最後還不是湮沒無聞？使人悲傷。」

湮沒無聞為何要悲傷？世人不是絕大多數都沒沒無聞嗎？

只因襄陽是長江中上游的軍事重鎮，扼守南北要衝，歷史上，只要取得襄陽就可以順江東下取南京，而毋須挑戰長江天塹，因而北方政權以取襄陽為要務，而南方政權必定派重兵駐守襄陽。所以，駐守襄陽的大將大概都肩負重任，而且有立萬世（統一）之功的機會，如果「湮沒無聞」，即代表錯過了立大功的機會。

羊祜是提醒僚屬不要混日子而錯失歷史留名的機會，可是李白的意思完全相反——建立絕世功勳又怎樣？羊祜建立了大功，後人為他在峴山之上立的碑，還不是「龜頭剝落生莓苔」嗎？（古時流行在石碑之下以石龜載馱，台南赤崁樓的石碑就是。）

全詩的警句在「咸陽市中嘆黃犬」，講的是秦朝李斯的故事，李斯一生功勞大，爭議也多，值得細述。

李斯和韓非都是荀卿（荀子）的學生，韓非口吃，不善言辭，可是善於著書立說，成了法家宗師，李斯自認才不及韓非，但是他追逐權力的本領卻是第一流。

他年輕時在郡裡當小吏，看到辦公廳廁所裡的老鼠，吃的是穢物，有人走近就驚慌逃避；可是倉庫裡的老鼠境遇完全不同，吃的是囤積的米糧，不愁溫飽，又不必擔心有人接近。李斯為之嗟嘆：「一個人的賢與不肖，好像老鼠一般，端看自己處身什麼環境。」於是他決心「上進」，讓自己能處身權力頂峰。

李斯由楚國去到秦國，投在文信侯呂不韋的門下，呂不韋派他去做郎官，在秦王宮禁中擔任守衛值廟工作，於是有機會游說秦王政，秦王政擢升他為長史，採用他的計謀——收買各諸侯國的人才，不肯被收買的，就暗殺他。如此，造成了各國君臣之間的離心離德，然後派兵攻打，這一招非常有效，為秦始皇的統一大業排除了阻力。

秦國的宗室貴族排斥外來人才，要求秦王下「逐客令」，李斯上〈諫逐客書〉，闡述「泰山不讓土壤，河海不擇細流」的道理，秦王政因而決定放棄「本土化政策」，廣納各方人才，終於吞併六國，統一中國。

李斯的最重要「歷史貢獻」是廢除封建、立郡縣，統一貨幣、度量衡，確立了中央集權的制度；可是他最大的「歷史罵名」則是焚書坑儒。這些，在當時都是為了更有效統治的「必要手段」，也是李斯躋身權力頂峰的作為——這時候，他已經不再是「倉庫裡的老鼠」，而是掌管倉庫的人，而且他不但要管倉中米糧，連老鼠也要管。

秦始皇死在東巡途中，隨行的李斯和宦官趙高秘不發喪，回到首都咸陽，假造遺詔叫秦始皇的長子扶蘇自殺，立次子胡亥為秦二世。可是後來趙高阻斷了大臣和皇帝之間的通路，秦朝的暴政更引起各地的盜寇和叛亂，秦二世（其實是趙高）譴責丞相李斯，李斯見不到皇帝，只能上書攻訐趙高，趙高又曲解李斯的意思，秦二世於是讓趙高「處置」李斯。

趙高查出李斯和他兒子李由謀反的「證據」，逮捕李斯所有宗族和賓客，刑求李斯，拷打一千多下皮鞭，李斯只好認罪。認罪之後仍心存僥倖，在上呈皇帝的「認罪書」中，採用反激法，其實是提醒自己的功勞和表達忠誠。當然，這封「認罪書」肯定被趙高丟到垃圾桶裡去了。

秦二世只收到趙高的判決書，李斯被判處五刑，在咸陽市上腰斬，在和兒子由監獄一齊押解赴刑場途中，李斯對兒子說：「我回想以前，和你一同牽著黃狗到上蔡（李斯家鄉）東門去獵兔子的情景，現在哪還有可能呢？」

權力跟嗎啡一樣，不但會上癮，且用藥量愈來愈重，在用藥「HIGH」得忘形之時，誰會想到未用藥之前的正常生活？——那多乏味呀！非得等到將死之前才會醒悟，卻悔之晚矣！

李白的人生觀是對，還是不對？汲汲營營追逐權力可以盡享榮華富貴，可是卻懷「伴君如伴虎」的危機意識，而凡人酒醉之後「清風朗月不用一錢買」，心中了無一絲罣礙。不管你認同與否，再體會一下詩人心境。

春風不渡玉門關

江東子弟多才俊，捲土重來未可知

【題烏江亭】杜牧

勝敗兵家事**不期**[1]，
包羞忍恥[2]是男兒；
江東子弟多才俊，
捲土重來未可知。

1 不期待、不希望。
2 容忍羞愧與恥辱。

楚漢相爭以項羽自刎烏江為收場，杜牧遊烏江亭時有感而發，他認為項羽英雄蓋世，「江東子弟多才俊」，當年若忍一時之氣，回到三楚根據地，誰勝誰負還在未定之天。

關於劉邦憑什麼勝過項羽，後人有太多「事後諸葛亮」式的評論。劉邦手下的馬屁精說是因為劉邦捨得封賞，因為他們求的是榮華富貴，希望劉邦聽了龍心大悅，再多賞一些；韓信說是因為項羽不重用他的才能，而劉邦獨具慧眼拜他為大將，因為韓信年輕時受人欺凌（胯下之辱），一輩子的願望就是出人頭地；至於杜牧本詩，其實點出了一個重點：用今天的流行術語來說，就是劉邦的「ＥＱ」強過項羽太多，而項羽的「抗壓性」實在太差。

項羽和劉邦的對決，起初一直是楚軍占盡上風，漢軍聞風喪膽。有一次，劉邦在彭城大敗，老爸、老婆都失散了，逃亡過程中，一度因為追兵甚急，劉邦連兒子、女兒都推下車子，以求減輕重量。

項羽虜獲劉邦的父親太公，就設了一個高俎（大灶），將劉太公放在大灶之上，傳話給劉邦：「不來投降，我就烹了你老爸。」劉邦回話：「我跟項羽當年同時受命於楚懷王北伐，約為兄弟，既是兄弟，我老爸就等於是他老爸，他如果真的要烹殺老爸，別忘了分我一杯羹。」

劉邦就是詩人筆下「包羞忍恥」的男兒漢。可是項羽的個性完全不同，他自詡「力拔山兮氣蓋世」，不能認同「勝敗乃兵家常事」。包羞忍恥就不會因為危機而方寸大亂，這是ＥＱ的表現；而項羽不能承受挫折，可見抗壓性之不足。

連年征戰，雙方俱疲，劉邦又似牛皮糖一般有黏勁，屢敗屢戰（ＥＱ）。項羽因而接受對方請和，雙方以鴻溝為界，東邊歸楚，西邊歸漢，並且送回劉邦的父母、妻子。

項羽引兵東歸，可是劉邦卻食言而肥，發動大軍追擊東歸的楚軍，但是韓信和彭越的軍隊沒有按預定時間會合，楚軍又大破漢軍。劉邦問張良該怎麼辦？張良建議他答應事成後割地給韓信、彭越，這才催動了各路諸侯一齊出兵，在垓下包圍了楚軍。

項羽的軍隊原本驍勇善戰，可是既然大軍已朝回家的路上走，軍心自然厭戰，韓信派人於夜間在楚軍營地四面唱起楚地歌曲，四面楚歌徹底瓦解了楚軍心防，以為家鄉已經淪陷，否則怎麼有那麼多「楚人」？項羽煩躁得無法入睡，在帳中喝悶酒，在那種四面楚歌的情況下，項羽腦袋裡想的不是明天該如何振奮士氣發動反攻，反而只想著心愛的虞姬和駿馬（騅），乘著酒意唱出他流傳後世的名曲：

力拔山兮氣蓋世！時不利兮騅不逝！
騅不逝兮可奈何！虞兮虞兮奈若何！

虞姬跟著唱和：

漢兵已略地，四面楚歌聲；
大王意氣盡，賤妾何聊生！

虞姬總算是知心人，看出項羽已經「意氣盡」。於是在「霸王別姬」之後，項羽騎上「騅」，一馬當先衝出重圍，跟隨上來的只有八百騎（其他楚軍見到主帥「落跑」，自然軍心渙散，各自求生，跟著突圍有死無生，放下武器仍可苟活，「死忠」者還有八百人，已經不錯了），漢軍則派出五千騎追趕，項羽在渡過淮水後，追隨者只剩下一百多騎。

項羽逃到陰陵（江西九江），迷了路，向一位農夫問路，農夫騙他朝左邊去，結果陷入沼澤泥濘，因而被漢軍追上。再轉向東邊奔逃到東城，只剩二十八騎，而追兵有數千人，項羽自忖這下逃不過了，對隨行者說：「我起兵抗秦已經八年，身經七十餘戰，從來沒有敗過，因而雄霸天下，誰料得到今天被困在這裡。既然橫豎一死，我願為諸君打衝鋒，我將勝敵三場，為諸軍解圍，並且證明是天要亡我，非戰之罪（不是我打不過）。」

項羽連番衝刺，斬漢軍一將、一都尉，叱退一將，殺數百人，對追隨者說：「怎樣？」追隨者佩服得五體投地，說：「正如大王所說。」（到了這個地步，項羽想到的還是只有他個人的「威名」，還要做一次「謝幕表演」給仍然死忠的部下看，毫不顧及等一下這些死忠部下可能遭遇到的悲慘下場。而這些部下也真是死忠，還有心情為他喝采。）

突圍到了烏江，烏江亭長已經準備好船隻接應，對項羽說：「江東雖小，也有千里土地，人口數十萬人，仍然足以稱王。請大王趕快上船渡江，如果漢軍追到，就來不及了。」

項羽說：「天要亡我，我何必還要渡江？而且我項籍（項羽本名）帶江東子弟八千人渡江向西打天下，如今八千人無一生還，縱使江東父老可憐我，仍然讓我稱王，我又有何面目見他們？即使他們口中不說，我自己心中難道無愧？」將坐騎送給亭長，命隨行者通通下馬步戰，項羽一個人就殺了數百人，自己身上也受了十餘處創傷。

項羽回頭看見呂馬童，說：「你不是我的老朋友嗎？」呂馬童不敢正視他，但仍向漢軍將領指認：「他就是項羽。」項羽說：「我聽說劉邦懸賞千金要我的腦袋，封萬戶侯，我送你一個禮物。」自刎而死。

終藉叔孫禮，方知皇帝尊

【賦西漢詩】魏徵

受降臨軹道，爭長趨鴻門。
驅傳渭橋上，觀兵細柳營。
夜宴經柏谷，朝游出杜原。
終藉叔孫禮，方知皇帝尊。

魏徵並不擅長做詩，這首詩「以漢喻唐」，有勸諫「馬上得天下，不能以馬上治天下」的意思，正符合魏徵的諍臣形象，末二句引叔孫通的故事，更有其寓意。

「秦失其鹿，天下共逐之」。楚懷王與諸將約定，誰先打進咸陽就封他為王，當時楚懷王手下的主力有二支：項羽主攻黃河以北戰線，劉邦主攻黃河以南戰線。項羽遭遇章邯等率領的秦軍精銳部隊，雖然戰無不克，可是推進較慢，劉邦下令軍隊，所過之處不准掠虜，於是人心歸附，進軍順利。

劉邦率先到了霸上，秦王子嬰在軹道（驛亭名）投降，劉邦入咸陽，與人民「約法三章」：殺人者死，傷人及盜抵罪。亦即：只有犯殺人、傷害和竊盜罪行才受罰，其他秦朝的苛刻法令通通廢除。此舉得到關中人民的擁戴，爭先貢獻半羊酒食勞軍，劉邦婉拒民眾的好意，因此聲望更高，關中人民深怕劉邦不當秦王。

然而，兵力強大的項羽終於也到達咸陽，並且準備攻擊劉邦。項羽的叔叔項伯和張良是舊交，項伯夜訪張良，要張良與他一同逃走，說：「不必陪劉邦一同毀滅。」可是張良不肯，向劉邦報告情況危急，劉邦以兄長之禮見項伯，並且約為兒女婚姻，項伯答應回去為「準親家」說好話，可是只有他從旁「說項」不夠，還得劉邦親自去向項羽謝罪才行。

第二天早晨，劉邦只帶了隨從騎士百餘人到鴻門（項羽大營）向項羽謝罪，項羽留劉邦一同飲酒，項伯、范增、張良作陪。席間范增一再向項羽使眼色，並舉起自己佩帶的玉玦（環狀有缺口，代表決斷）暗示，可是他連舉三次，項羽卻默無回應。

范增見狀，離席出來找項莊，授意項莊進去向劉邦敬酒，敬完酒再舞劍助興，趁機刺殺劉邦。項莊在席上拔劍起舞，項伯看苗頭不對，準親家有危險，也拔劍起舞，用自己的身體掩護劉邦。

張良看氣氛險惡，趕緊起身出帳找到樊噲。樊噲問：「裡頭情形如何？」張良說：「十分緊急！此刻項莊拔劍起舞，其實目標是沛公。」（「項莊舞劍，意在沛公」，沛公是當時人對劉邦的稱呼。）

樊噲一手握劍、一手持盾闖進了項羽大帳，正面對著項羽，怒眼圓睜，眼角都迸裂開來，頭髮一根根豎了起來。項羽大吃一驚，按劍跪起，大聲問：「來者何人？」

張良說：「這是沛公的參乘（隨扈）樊噲。」

項羽說：「真是壯士啊！賜他喝酒。」

左右送過一斗酒，樊噲拜謝，一飲而盡。

項羽：「再賜他一隻豬肩。」

樊噲將盾覆在地上，拔劍在盾上切豬肩，大啖生豬肉。

項羽大為欣賞，說：「真是壯士！還能再喝酒嗎？」

樊噲說：「我連死都不怕，豈會推辭喝酒？天下人起義抗暴秦，楚懷王和諸將約定『先入咸陽者為王』，如今沛公先入咸陽，纖毫不取，封閉宮室，回軍霸上，專等大王來接管。如此大功，非但沒有封賞，大王反而聽信小人之言，要殺有功之人，如此作風，與暴秦何異？樊噲愚見認為，大王實在不該如此！」

項羽聽了他一番「吐嘈」，沒有回答，但也沒有生氣，只說：「你坐！」

過一會兒，劉邦起身上廁所，使出「尿遁法」逃回自己軍營。這就是有名的鴻門宴。

本詩首二句「受降臨軹道，爭長趨鴻門」，在說明爭逐天下經歷的危險，末二句「終藉叔孫禮，方知皇帝尊」則是說明得了天下之後，該怎麼治理國家。

漢高祖得了天下以後，諸將群臣爭功，態度惡劣，尤其喝了酒以後，不但大聲亂講話，甚至會在宮中拔劍砍柱子（武夫酒後逞勇），劉邦很不高興這種場面。這時，儒生領袖叔孫通就請命制訂朝儀，仿古禮再參考秦朝儀式，等蕭何建好長樂宮，就採用叔孫通制訂的朝儀：群臣上朝按文武分列，宮廷中侍衛服裝整齊、旗幟鮮明，等到文武百官都站立了，皇帝才就大位，然後群臣向皇帝請安，沒有人敢在朝中喧嘩失禮。劉邦龍心大悅，說：「我今天才知道身為皇帝的尊貴啊！」

這重點不在儀式莊嚴，而在於草莽打天下的時期宣告結束，文武官員分司列職為人民服務的時代開始，這樣一個新政權才能長治久安。

叔孫通這個人，司馬遷認為他是「良臣擇主而事」的典型：他最初以文學見長，受秦朝徵召擔任待詔博士（皇帝身邊起草詔書的文臣），看到秦二世暴虐無道，逃回家鄉。後來追隨項梁，項梁戰死後，他追隨楚懷王，項羽「尊」楚懷王為義帝，卻將他流放到長沙，叔孫通就成為項羽的幕僚。劉邦初次打敗項羽時，他又歸順劉邦，一直到平定天下建立漢朝。也就是，處在那個秦失其鹿的巨變時代，孫叔通跳槽四次，換了五個老闆。

魏徵自己原本是唐高祖李淵的太子李建成的僚屬，唐太宗李世民發動玄武門兵變殺了哥哥和弟弟，魏徵並沒有為李建成「盡忠守節」，反而成為李世民的重要大臣，他寫詩推崇叔孫通，自有其用意！

明月出天山

【關山月】李白

明月出天山[1]，蒼茫雲海間。
長風幾萬里，吹度玉門關。
漢下白登道[2]，胡窺青海灣[3]。
由來征戰地，不見有人還。
戍客[4]望邊色，思歸多苦顏。
高樓當此夜，歎息應未閒。

1 祁連山。
2 山名，又名白登臺，山西大同縣東。
3 青海省東部。
4 指士兵。

還記得那首朗朗上口的西北民謠嗎？

青海青，黃河黃，更有那滔滔的金沙江；

雪皓皓，山蒼蒼，祁連山下好牧場。

祁連山，就是天山，匈奴人叫「天」為祁連。詩中「漢下白登道」一句，有著一段歷史故事。

漢高祖劉邦擊敗項羽、掃平叛變或不肯歸附的諸侯，在他統一中國的同時，北方的匈奴在冒頓單于領導下也正茁壯，白登之戰正是兩雄第一次接觸。

被劉邦打敗的韓王信（這位韓信不是漢初三傑那位韓信）向北逃亡，投奔匈奴汗國。匈奴左右賢王率領一萬餘騎兵，會合韓王信與趙王利（另一位漢朝叛變諸侯）的殘兵敗將，抵禦劉邦的北進攻勢。

漢軍連番發動攻勢，匈奴騎兵抵擋不住，但是潰而不散。漢軍不容敵人集結再戰，窮追猛打，但是北方的嚴冬來臨（戰場在今山西省北部，隆冬季節平均溫度是攝氏零下二十度），戰士手指被凍掉的，十之二三。

但是，正躊躇滿志的劉邦，卻一心想要趁此機會解決這個自秦始皇以來的北方邊患，於是派出使節（偵探）前往窺探虛實。冒頓知道劉邦的意圖，所以早就將「壯士大馬」（精銳部隊）藏匿起來，漢朝使節看到的只有老弱殘兵。

劉邦派出十餘次使節，得到十餘次相同的情報，生性多疑的劉邦仍不放心，再派婁敬去觀察。

婁敬尚未回報，但前方捷報一再傳來，劉邦決定不等婁敬，動員三十二萬人的大軍急奔前線，先鋒部隊剛過句注（山西大同境內），婁敬回來，他提出警告：「我和前面十餘位使節的看法相反。兩國交兵，總是會誇大己方強大，展示戰力，可是我去到對方，卻只看到老弱殘兵。匈奴違背常理，必定有詐，想要引誘我們進入他的埋伏。」

此時大軍已動，形勢不容召回，劉邦怒叱婁敬：「你這個該死的耍嘴皮子的傢伙，居然想要打擊士氣，擾亂軍心，容你不得。」將婁敬加上全副刑具，囚禁在牢裡。

劉邦急赴前線，主力大軍尚未集結，而冒頓已傾全國之力——四十萬大軍掩殺而至，將劉邦圍困在白登山，七天七夜，漢軍完全無法對外聯絡，危在旦夕。

劉邦採用陳平「秘計」，派人由小徑去到匈奴王廷，致送貴重禮物賄賂匈奴閼氏（皇后），閼氏就對冒頓單于說：「兩國君王不應相互圍困，而且我們匈奴即使占領了中國土地，事實上也不能長久居住（游牧民族不會農耕）。漢王自有他的神明庇佑，請單于再加考慮。」

冒頓原本和韓王信、趙王利約定會師日期，但是時間到了卻未見這兩支軍隊出現，疑心他們和漢軍勾結，內外夾擊。於是聽了閼氏的話，下令解除包圍圈一角。

此時正好起了大霧，漢軍士兵個個弓箭上弦，急速溜出包圍圈。劉邦回到平城，漢軍主力部隊也陸續抵達，匈奴軍隊遂完全撤退。劉邦下令放婁敬出牢，對他說：「我沒聽先生之言，竟被匈奴圍困，我已下令將前面十餘位使節，全數斬首。」封婁敬為建信侯，陳平為曲逆侯。

這個故事留下了一個歷史謎團：陳平的「秘計」究竟是什麼？史書上都沒有記載，宋元之際的史學家胡三省注解：「秘計者，以其失中國之禮，故秘而不傳。」失禮？失什麼禮？但可以推測肯定是很沒面子的作為，很傷皇帝的尊嚴，傳出去可能「動搖國本」的舉動。

瞭解歷史故事之後，於是知道李白這首詩不是感懷、不是傷離別，而是反戰！這一句「漢下白登道」正是全詩最重要的警句。

少年十五二十時

【老將行】 王維

少年十五二十時，步行奪得胡馬騎。
射殺山中**白額虎**[1]，**肯數**[2]**鄴下**[3]黃鬚兒。
一身轉戰三千里，一劍曾當百萬師。
漢兵奮迅如**霹靂**[4]，虜騎崩騰畏**蒺藜**[5]。
衛青不敗由**天幸**[6]，李廣無功緣**數奇**[7]。
自從棄置便衰朽，世事蹉跎成白首。
昔時**飛箭無全目**[8]，今日**垂楊生左肘**[9]。
路旁時賣故侯瓜，門前學種先生柳。
蒼茫古木連窮巷，寥落寒山對虛牖。
誓令疏勒出飛泉，不似**潁川空使酒**[10]。
賀蘭山下陣如雲，**羽檄**[11]交馳日夕聞。
節使**三河**[12]募年少，詔書五道出將軍。
試拂鐵衣如雪色，聊持寶劍動**星文**[13]。

1 猛虎。
2 恰如的意思。
3 指鄴縣。
4 急雷的聲音。
5 一種有刺的草，比喻障礙。
6 上天賜福。
7 作事數不偶，運氣不好。
8 善射，像后羿射雀而使其雙目不全。
9 手臂生瘍瘤，比喻無用。
10 指灌夫因酒罵坐，發洩怨氣。
11 軍旅征討時的緊急公文。
12 指河東、河南、河內。
13 劍柄的花紋。

願得燕弓射大將，恥令越甲[14]鳴吾君。
莫嫌舊日雲中守[15]，猶堪一戰取功勳。

14 指越國的軍隊。
15 雲中的守將。

這首詩描述的主角是漢朝飛將軍李廣，全篇更引用了十七、八個歷史典故。

李廣的祖先代代都熟嫻射箭，漢文帝時匈奴入侵，李廣在那個時候加入軍隊，由於他擅長騎術和箭術，所以在以步戰、車戰為主力的漢軍中，很輕易就脫穎而出。

由於累積許多軍功，李廣被封為郎中，並成漢文帝的侍從。漢文帝每看到他衝鋒陷陣的英勇表現，都不禁感歎：「真是可惜啊！你沒有遇到好機運。如果你生逢高祖（劉邦）爭天下的時代，封個萬戶侯也不算什麼！」

事實上，李廣的一生傳奇與英勇事蹟，卻一輩子沒有封侯，最後甚至落個拔劍自刎的結局，著實令後人為他歎息。而王維詩中「李廣無功緣數奇」，就是感歎造化弄人。

李廣第一次「無功」，是漢景帝時「七國之亂」，他追隨周亞夫攻打吳楚叛軍，曾奪取敵人軍旗，聲名大噪。但是，卻因為梁王私自授與李廣將軍印信，以致於大軍班師後，朝廷沒有給他任何封賞。（七國之亂的本質是諸侯對抗中央，梁王雖效忠中央，但是中央軍隊的軍官，私受諸侯封賞，卻正犯大忌。）

後來他一直在北方邊境，擔任上谷、上郡、隴西、北地、代郡、雲中等地的太守，遍及今天河北、山西、內蒙、甘肅的北部，都以和匈奴奮戰出名。

有一次，匈奴侵入上郡，景帝派一位宦官跟李廣一同帶兵，宦官帶領幾十名騎兵與三個匈奴人遭遇，宦官被射傷，逃回營地，李廣判斷：「那一定是匈奴射雕人。」（因為那三個人可以在漢軍射程之外射傷宦官，必定是使用射雕的大弓。）

於是李廣帶領一百名騎兵去追趕那三人，李廣親自射殺二人、活捉一人（顯見他的箭術比匈奴射雕手更準、更遠）。

就在此時，遠遠望見數千匈奴騎兵逼近，匈奴兵一見是李廣，以為這一百漢兵是誘敵之餌，立刻上山列下陣勢。李廣的一百名騎兵當然更害怕，都想奔回營地。李廣說：「我們離開大軍有幾十里路，如果就這樣子往回奔，匈奴人用弓箭追射，大家都死定了（甚至危及大營，因為無預警）。現在要保持鎮定，讓匈奴以為我們後面有大軍埋伏，就不敢輕舉妄動。」

李廣帶領一百騎兵不退反進，到了距離匈奴陣地不到二里的地方，下馬並卸下馬鞍，擺出一付誘敵的樣子。有一名騎白馬的匈奴軍官出陣試探，李廣上馬，帶領十數人衝出去，射殺那個白馬軍官，再回到隊伍，一百人毫髮無傷。

天色漸暗，李廣索性命令士兵放開馬匹，睡臥草地上，反倒是匈奴軍隊愈來愈擔心漢軍會趁黑夜偷襲，於是撤退回家，李廣直到第二天天亮才回到營地。

漢武帝時，李廣因為戰功升為驍騎將軍。有一次帶兵出雁門關討伐匈奴，匈奴兵力遠超過李廣，漢軍大敗被包圍，匈奴單于久聞李廣大名，下令「一定要活捉李廣」，因而李廣受傷被俘但未被殺，匈奴騎兵將兩匹馬中間用繩子結成網袋，拿來載運受傷的李廣。

走了十多里路，李廣在網袋裡裝死，斜眼偷瞄旁邊有個匈奴少年騎的是一匹好馬，他暗蓄氣力，突然發難，縱身一躍跳上匈奴少年的馬，推下那匈奴少年，奪了馬、搶了弓，用力鞭馬，向南奔馳數十里，邊跑邊射殺匈奴追兵，直到與殘餘的部隊會合，才退回長城以內（步行奪得胡馬騎）。

回到長安，被交付審判，由於他這一次戰敗，軍隊損傷太重，本人又被俘虜，罪當斬首。李廣用錢贖了死罪，被降為平民。

過了不久，匈奴攻進關內，漢武帝召見李廣，封他為右北平太守。匈奴人稱他為「漢朝的飛將軍」，避開他，不侵犯右北平。

漢武帝在準備充足之後，決定洗雪自高祖劉邦以來的恥辱，派大軍出塞討伐匈奴，大軍統帥是皇后衛子夫的弟弟大將軍衛青，李廣被任命為後將軍，隨軍出征。

這一次，大多數將軍都有足夠的功績（斬首數目）而封侯，只有李廣這支軍隊，因為沒有遭遇到敵軍主力，斬首不足而無功。

又一次，李廣帶領四千騎兵，博望侯張騫（通西域那位）帶領一萬騎兵出塞，二支軍隊由不同路線進軍。

李廣的軍隊出塞八百里路，被匈奴左賢王的四萬騎兵包圍。李廣將軍隊排成圓形陣勢，面向外防禦（有點像好萊塢西部片？），匈奴箭落如雨，漢兵死傷過半，箭也快射光了。

李廣下令士兵將弓拉滿，但不要發射，他自己拿著大黃弩弓，專射匈奴副將，一連射殺好幾人，匈奴兵才漸漸散開。第二天，張騫的軍隊抵達，匈奴才撤圍離去。

這一次，張騫因行軍誤期，致使軍事失利，罪當處死，用錢贖了死罪，降為平民。李廣功過相抵，沒有賞賜。

衛青出塞討伐匈奴五次，每次都有斬獲，隨他出征的公孫敖、韓說、公孫賀、李蔡、李朔、趙不虞、李沮等都封侯，但是李廣卻始終沒有得到爵位和封邑（衛青不敗由天幸，李廣無功緣數奇）。

李廣曾經和一位擅長占卜的陰陽家王朔談到他的運氣：「自從漢朝主動出擊匈

奴以來，我李廣無役不與，連我的部下都有數十人封侯了。我的才能並不比別人差，可是卻沒有封侯的命，這是為什麼呢？難道是命中註定？」

王朔問他：「將軍仔細回想一下，有沒有做過自己認為遺憾的事呢？」（問得含蓄，其實是問他有沒有做過「有損陰德」的事。）

李廣：「我當隴西太守時，有一次羌族叛變，我用計引誘他們投降，但是那八百多個投降的羌人，又被我設計誘殺。直到現在，使我感到遺憾的事，就只有這一件。」

王朔：「會引來災禍的事情，沒有比殺害俘虜更嚴重的了。這就是將軍不能封侯的原因吧！」

李廣最後一次出塞，已經六十多歲，衛青是主帥，衛青的外甥霍去病二十歲出頭，已經擔任副帥。李廣的命運仍然多舛，這一次因為迷路而誤了大軍集結時間，終於，他不願再去面對軍法，拔刀自殺。

唐詩對李廣的故事頗多引用，例如盧綸〈塞下曲〉：

林暗草驚風，將軍夜引弓。
平明尋白羽，沒在石稜中。

故事是李廣鎮守右北平時，一天出外打獵，歸途天色已暗，看見草叢中一塊石頭，以為是老虎，拔箭射去。等到隔天早晨，才回去找昨晚射去那一箭，發現連箭尾的白羽毛都射進了石縫當中（不止是箭鏃入石而已）。

另一首膾炙人口的詩，王昌齡〈出塞〉：

秦時明月漢時關，萬里長征人未還。
但使龍城飛將在，不教胡馬渡陰山。

這當然是緬懷飛將軍李廣威懾匈奴的事蹟，龍城位在漠北（內蒙），每年五月，匈奴各部族大會龍城。

至於文前詩中其他歷史典故，簡述如次：

「射殺山中白額虎，肯數鄴下黃鬚兒」二句，前一句是借用「周處除三害」裡，周處射殺南山白額猛虎。後一句則是曹操有個兒子曹彰，年輕時即擅長射箭，膂力過人，建立很多功勞，可是在曹操召見他時，卻將功勞歸於他的部將，曹操高興得摸著曹彰的鬍鬚說：「這黃鬚兒竟然如此與眾不同。」王維在這裡用了兩位青年射手的典故來比擬李廣之善射。

「路旁時賣故侯瓜，門前學種先生柳」二句的典故是：秦朝東陵侯邵平在秦滅亡後成為平民，於長安城東種植瓜果維生，他種出來的瓜非常甜美，稱為東陵瓜。晉朝陶潛辭官回家，門前種五棵柳樹，自號「五柳先生」。這兩句是比擬李廣貶為平民時的境況。

「誓令疏勒出飛泉」一句的典故是：東漢耿恭帶兵征伐匈奴，爭奪疏勒城旁的水源，耿恭軍隊獲勝，可是匈奴人撤退時，用土石塞絕水源，不讓耿恭軍隊利用，漢軍打了好幾口井，都不出水，耿恭向井祭拜，竟然水泉奔出。這一句是形容老將軍復出時，壯志未滅，英勇如昔。

落日照大旗，馬鳴風蕭蕭

【後出塞】杜甫

朝進東門營，暮上河陽橋。
落日照大旗，馬鳴風**蕭蕭**[1]。
平沙[2]列萬**幕**[3]，部伍各見招。
中天懸明月，令嚴夜寂寥。
悲笳[4]數聲動，壯士**慘**[5]不驕。
借問大將誰，恐是霍嫖姚。

1 形容風聲或馬聲。
2 曠野。
3 兵士宿營帳篷。
4 笳為北方樂器，古時用於軍中靜營號令，聲音悲壯。
5 憂悽悲傷。

最後一句提到的「霍嫖姚」，就是漢朝名將霍去病。

漢武帝時率領大軍出征的兩位大將軍，都跟皇帝有裙帶關係——衛青是皇后衛子夫的弟弟，霍去病是衛子夫和衛青的外甥。可是卻不能因為他們走的是宮廷內線而抹煞他們的功勳，畢竟戰場上得憑真功夫，與匈奴作戰，裙帶可使不上力。

但是裙帶可以提供比別人更好的機會。衛青第三次出征，就任命外甥為嫖姚校尉（此即霍嫖姚的由來），撥給他八百人輕騎兵指揮。霍去病帶了這八百騎兵，超前大軍數百里作戰（這又是裙帶的功能了，換做旁人，即使有功也得受責備，若敗戰則難逃死罪），而霍去病著實年少英雄，大軍班師後，漢武帝下詔：「嫖姚校尉霍去病，斬首俘虜二千二十八人，其中包括匈奴相國、當戶等重臣，斬單于的伯父、俘虜單于的叔父，功冠全軍，賜二千五百戶食邑，封冠軍侯。」

封侯之後，又由嫖姚校尉升任驃騎將軍（軍中地位僅次於大將軍），幾次出征連戰皆捷，食邑加封二千戶，再加封五千戶，並且成為征伐匈奴的主力。

霍去病的部隊比其他將領更為精良，可是他的確比其他將領勇敢，經常孤軍深入建立奇功。《漢書》說他運氣好，「託天之助，未曾陷入困絕」，比起有些宿將（如李廣）的時運不佳，冥冥之中似有天數。

匈奴渾邪王屢次被霍去病打敗，損失數萬人，單于震怒，召回渾邪王準備斬他的首以儆示其他諸王，渾邪王得知，與休屠王共謀投降漢朝，就派使節向邊境守將表達。

漢武帝唯恐對方是詐降，不敢輕信，就派霍去病帶兵前往接應。霍去病率軍渡過黃河，與渾邪王部眾遙遙相望，渾邪兵團將領看見漢軍盛容，軍心動搖，有人反悔不願投降，想要遁走。霍去病當機立斷，長趨直入對方陣地，得與渾邪王相見，並將想逃走的八千人通通斬首，將渾邪王單獨以車子送往京城，自己就地整編投降部隊後，渡黃河班師，這一次收納匈奴投降軍隊數萬人，號稱十萬。這一次，霍去病加封一千七百戶，並且晉升驃騎將軍。

隔年，漢武帝再派衛青、霍去病遠征，衛青一路擊潰單于主力，但是李廣一路卻因迷路未能加入戰鬥，以致於李廣自殺，而霍去病一路則深入敵境二千里，擊潰匈奴的左翼軍團，斬首與俘虜人數更超過衛青，並且在戈壁沙漠的狼居胥山祭天、姑衍山上祭地，使得漢朝的聲威達到頂點。

霍去病個性沉默寡言，可是打起仗來氣魄十足，勇敢當先，漢武帝曾建議他學習《孫子兵法》，他卻回答：「作戰全看對陣時的實際方略，哪裡需要古代兵法？」

然而，霍去病因為是皇親國戚，年輕時就在宮中侍候皇帝，因而他行軍打仗時，往往不體恤士卒。有一次出征，天子派遣皇宮御廚送數十車的食物到前線犒賞他，若換作其他名將，大概都會「推恩」——轉分給將士，以推展天子恩德，兼激勵士氣，可是霍去病班師時，這些皇帝賞賜的食物，大多丟棄在戰場，而他部下的士卒卻有人不得飽食。

更有甚者，大軍在塞外打仗，這位驃騎將軍仍不忘建造蹋踘（足球）場地，讓他紓解身心疲勞，而不會念及士卒正在荒漠中跋涉作戰。

然而，別誤會霍去病是個腐敗的親貴，事實上他雄心勃勃，並不貪戀財貨，漢武帝為他營造宅邸，落成後請他去看，他卻回答：「匈奴未滅，何以家為也？」

杜甫所處的時代，唐朝國勢中落，鮮卑、吐蕃、羌等外患頻仍，所以藉霍去病做為對當時將領的期待。

事實上，中唐時期哪還有霍去病那樣的英雄人物呢？

蘇武魂銷漢使前

【蘇武廟】溫庭筠

蘇武魂銷漢使前，古祠[1]高樹兩茫然。
雲邊雁斷胡天月，隴上羊歸塞草煙。
回日樓臺非甲帳[2]，去時冠劍是丁年[3]。
茂陵不見封侯印，空向秋波哭逝川。

1 指蘇武廟。
2 漢武帝所設供神的華帳。
3 成年，漢代男子二十歲成年。

霍去病在大漠封禪（祭天祭地）之後，匈奴不再有力量南下。霍去病死後，漢武帝親率十二個軍團出長城巡邊，擺開十八萬騎兵的陣勢，派出使節郭吉對匈奴單于說：「如果單于還有能力開戰，漢天子在這裡恭候，若不能，就該南面稱臣於漢，何必逃避遠方，匿在漠北苦無水草之地呢？」單于大怒，將郭吉留下，送到北海（西伯利亞貝加爾湖），這是匈奴第一次扣留漢朝使節。

然而，匈奴仍不敢出戰，而漢武帝的目的也只是「嚇阻性閱兵」，雙方進入一小段冷戰時期。

之後，匈奴派人請求和親，並且表示願意將太子送到長安當人質，可是漢朝必須派出「貴人」擔任使節，漢朝乃派出路充國佩帶二千石印綬出使，說「這位就是漢朝的貴人」。事實上，單于本身沒有誠意，也不相信漢朝有誠意，於是再將路充國扣留——冷戰結束，雙方又再兵戎相見，匈奴力量已衰，更往西北遷移。

等到且鞮侯單于新即位，擔心漢軍趁政權移轉而來襲，就將先前扣留的漢朝使節送回，漢武帝也派中郎將蘇武將匈奴的使節送回，並且致送厚重的禮物回報單于善意。

蘇武率領的使節團包括副中郎將張勝、假吏常惠等。張勝以前和匈奴丁靈王衛律的手下虞常交情很好，卻因此捲進了一項陰謀。

衛律原本是漢帝國境內的胡人，奉命出使匈奴，後來投降匈奴，單于很信任他，軍政大事都和他商量。可是隨衛律一同出使的其他漢人卻一直想回歸漢朝（因為當初是投降的，所以未和路充國等一併遣返）。張勝的到來，讓虞常等人重燃希望，他們密謀劫持單于的母親，做為贖罪之功，可是陰謀外洩而失敗。

單于派衛律調查此案，虞常將張勝扯了進來，衛律乃「約談」蘇武，蘇武對衛律說：「如果損害到使節的尊嚴，即使不死，又有何面目回去漢朝？」拔出佩刀刺向自身。

衛律大驚，親自抱著蘇武去找醫生，那位「蒙古」大夫救命有其偏方。他在地上挖了一個穴，置入營火熱灰，將蘇武面朝下放在熱灰上，用腳踩蘇武的背，逼出傷口的血（不讓血液淤積在胸腔）。

蘇武氣絕了半天之後又恢復呼吸，單于被他的氣節感動，每天派人問候，等到蘇武痊癒，就一直施壓要他投降。蘇武毫不動搖，並且恫嚇：「殺了我，匈奴的大禍就要臨頭了！」蘇武態度愈堅定，單于就愈想要他投降，並將他囚禁在地窖中，不給飲食，蘇武將皮裘上的毛和著雪吞下，數日不死，匈奴人以為他有神助。最後，單于將他送到北海去牧羊，羊群清一色是公羊，單于說：「公羊生小羊才准你回去。」

隔一年，漢武帝派貳師將軍李廣利率三萬騎兵出祁連山遠征匈奴，手下將領包括李廣的孫子李陵。而李陵的運氣跟他祖父一樣壞，五千步兵碰到單于主力——八萬人，雖然殺傷對方一萬多人，可是本身弓箭都射光了，且戰且走，奮戰八天後被截斷退路，李陵投降匈奴，單于將女兒嫁給他，漢武帝下令殺了李陵全家。

李陵和蘇武私交甚篤，李陵投降後，單于叫他去北海勸降蘇武，李陵對蘇武說：「你的母親已經去世，妻子也改嫁了，兒子聽說失蹤無下落。你回去也沒意思，何不投降了呢？咱們兄弟倆同享富貴不好嗎？」但是蘇武以死相脅，李陵無功而返。

十七年以後，匈奴分裂，向漢朝示好，遣送回漢朝的使節人員向朝廷報告：「蘇武還沒死，還在北海牧羊。」漢朝向匈奴使節討還蘇武，匈奴使節堅稱蘇武已經死了，漢朝乃派出使節向單于說：「漢天子（昭帝）在上林苑打獵，射下一隻鴻雁，雁足上繫著蘇武的親筆信，你怎麼可以欺騙天子？」單于不得已，將蘇武送還。

蘇武回到漢朝，朝廷賞他二百萬錢，派他個典屬國的官位（相當外交部司長級）。李陵在北方聽說消息，寫信給蘇武，認為他受苦十九年，卻得不到尺土之封（未封侯），漢朝皇帝對待堅持守節的使者，未免太薄！

茂陵，是漢武帝的陵墓，蘇武歸國只見茂陵不見封侯印，也只能「空向秋波哭逝川」（時光如河水流逝）了！

不破樓蘭終不還

【從軍行】王昌齡

青海長雲暗雪山，
孤城遙望玉門關。
黃沙百戰穿金甲[1]，
不破樓蘭終不還。

1 士兵身上的鐵甲。

漢武帝時多次大軍出塞征伐匈奴，武帝晚年對連年征戰耗費國力頗有悔意，於是獎勵生產，封宰相為「富民侯」。繼武帝之後的漢昭帝時代，動員大軍出征已少，漢朝和匈奴在西域拉鋸，倒楣的是夾在兩大強權之間的車師、龜茲、樓蘭等小國。

樓蘭王國位在今天的新疆羅布泊，羅布泊現在已經乾涸，古時候可是塔里木盆地的河川聚水中心，所以在那裡曾經發展出相當繁榮的文明，更是南絲路必經之通都大邑，考古出土很多羅馬帝國的錢幣、器物，佛教、回教、天主教文化在那裡交會。

漢昭帝時，樓蘭國王逝世，匈奴先得到消息，馬上把當人質的樓蘭王子「安歸」送回去，扶植他登上王位。漢朝的使節後到，宣詔新王到長安入朝，安歸受匈奴保護，當然拒絕。實際的情況是：樓蘭在西域諸國中，距中國最近，漢朝使節頻繁，送往迎來還得擔任嚮導工作，中國邊防軍又不時入境搶劫，令樓蘭人痛苦且痛恨。

匈奴扶植的新政權於是與漢朝斷交，並且截殺漢朝使節。新王安歸的弟弟尉屠耆在漢朝當人質，因為得到消息較晚，無法回國繼承王位，只好歸降中國。（國王換人，人質利用價值已失，且故國成了敵國，不表態恐怕不得活命。）

漢昭帝派傅介子出使大宛，順帶任務是責問樓蘭與龜茲王國的立場為何動搖，兩國國王面對漢使，口頭上都認罪，可是實質上仍然親近匈奴。

傅介子回到長安，對大將軍霍光說：「樓蘭、龜茲反反覆覆，如果不給予嚴厲懲罰，恐怕其他小國難以控制。我經過龜茲時，觀察其國王平易近人（個人安全防備不嚴），容易得手，自願前往刺殺他，以威懾西域各國。」霍光說：「龜茲太遠，你試試樓蘭吧！」

傅介子率領的使節隊伍攜帶大量金幣，一路放出消息，此行是要賞賜各國。第一站抵達樓蘭，安歸不接見他，傅介子佯裝離去，到了國界，對樓蘭翻譯官展示金幣，說：「我這次帶了黃金、錦繡要來送給諸國，真可惜貴國國王不要，我現在要往西去了。」

翻譯官急忙回報，安歸貪圖黃金，趕到邊界見使節，傅介子與他一同露天席地喝酒（表示安全無慮），陳列所有金幣織錦（貪心會蒙蔽戒心）。等到大家都醉了，傅介子對樓蘭王說：「漢朝天子有重要事情要我私下向您密陳。」安歸隨著傅介子進入營帳，二位壯漢的兩把匕首刺進樓蘭王胸膛，安歸的首級送到長安，掛在未央宮的北門城樓示眾。漢朝立尉屠耆為樓蘭王，將國名改為鄯善，並且派駐軍隊駐紮屯田，成為保護國。

唐朝也是中國歷史上的盛世，也和北方民族持續交戰，因而唐朝詩人多以漢朝征伐匈奴史蹟為詩詞題材。但是卻未細察這一頁「擊破樓蘭」的歷史，並非那樣的光榮。

然而，一千七百年以後，中國人又有機會「還樓蘭一個公道」。

由於塔里木河斷流，羅布泊乾涸，樓蘭國後來消失在沙漠中。晉朝高僧法顯西行取經，他在《佛國記》中描述當地：「上無飛鳥，下無走獸，遍及望目，唯以死人枯骨為標識耳。」

二〇〇三年三月舉行的中國十屆人大會議中，新疆維吾爾自治區的代表提出

「在古樓蘭遺址建立一個新樓蘭市」的建議，這項建議不是憑空想像出來，在此之前，中科院的專家小組就提出了一個「新樓蘭工程」諮詢報告，核心內容就是建立「新樓蘭市」。

這一次，中國人能不能「不建樓蘭終不還」，重建這個曾經是「絲路上熠熠生輝的寶石」城市呢？

獨留青塚向黃昏

【詠懷古跡】杜甫

群山萬壑赴荊門，生長明妃尚有村。
一去**紫臺**[1]連朔漠，獨留青塚向黃昏。
畫圖**省識**[2]春風面，**環珮**[3]空歸月夜魂。
千載琵琶作胡語，分明怨恨曲中論。

1 紫宮，皇帝居所。
2 大略看出。
3 婦女飾物，此指王昭君。

湖北宜昌有「昭君村」，杜甫經過該地，作此詩緬懷王昭君。

昭君和番的歷史背景，先是匈奴與漢朝連年征戰，之後漢朝運用穿梭外交，支持西域諸國與匈奴對抗，匈奴在對外擴張不利的情況下發生內鬨，呼韓邪單于篡位，造成大分裂，一下子出現五個單于，相互征伐，最後形成呼韓邪單于和郅支單于對抗的局面。雙方為了專心「槍口對內」，分別向漢朝稱臣，呼韓邪單于勢力較弱，因此多次入朝，以換取漢朝支援。

後來，漢朝的西域都護甘延壽和副將陳湯擊潰郅支單于，斬其首送到長安京師，呼韓邪聞訊，一則以喜，一則以懼——喜的是心腹大患去除，懼的是自己會不會是下一個?於是再度入朝請求和親「願為漢家女婿」,並自請擔任漢朝北方邊防,漢朝可以撤消邊防軍。

漢元帝命令相關官員研究可行性,郎中侯應持反對意見,認為「夷狄不可親,邊防不可罷」(反對通婚,更反對撤防),漢元帝最後裁決不答應撤防,只同意通婚——配婚對象就是王昭君。

昭君本名王嬙,十七歲被選入宮。當時後宮嬪妃甚多,漢元帝命令宮廷畫師毛延壽將她們逐一畫像呈閱,只挑選美貌者臨幸。後宮佳麗為此爭相賄賂毛延壽,請他畫得漂亮一些以爭取和皇帝上床的機會,王嬙自恃美貌,就是不肯賄賂毛延壽,毛延壽當然就故意將她畫得很平庸,以致於進宮數年一直未曾見過皇帝的面。

漢元帝答應賜給呼韓邪單于五位宮女,起初人選未定,王嬙主動提出意願出塞和番,於是被列入賜婚名冊。

呼韓邪單于結束入朝行程,漢元帝設宴為他送行,宴會中「點交」賜婚的五位宮女,王嬙出場「豐容靚飾,光明漢宮,顧影徘徊,竦動左右」。那一刻,呼韓邪很滿意,漢元帝很後悔,可是總不能失信「夷狄」而有損「上國天朝」體面,當場賜名「昭君」。王昭君得寵於呼韓邪單于,乃寫信向漢元帝陳述:「臣妾有幸側身後宮,卻遺憾受到畫師打壓,如今身在萬里之外,肩負外交重責,但願能以女兒之身，達成和霍去病、傅介子一樣的功績。想到這裡，悲而復壯，壯而又憐，期待有那麼一天，人們會稱讚王嬙居然能成就大丈夫的事業。此生已不敢想望玉門關，但是月亮仍是漢地同樣的月亮，我家中有父親有弟弟，希望陛下能垂憐照顧。」

漢元帝接到這封信，下令將毛延壽等宮廷畫師十餘人通通處死，並且多次派王昭君的弟弟擔任宣撫北庭的使節，兩國之間因而維持長期的友好和平。

王昭君走時「戎服乘馬」，也就是不著漢人服裝，也不乘車，隨身攜帶琵琶（胡人樂器）一只，以示「寧為胡人」的決心，呼韓邪單于因而封王昭君為寧胡閼氏。

王昭君為呼韓邪生了一個兒子，封右日逐王，呼韓邪單于去世，大閼氏（皇后）的兒子繼位為復株累單于，匈奴人習俗，父死兒子連老爹的小老婆也一併繼承，王昭君認為她是漢天子所許嫁，應該遵照漢人禮節，因而上書漢朝請求回國。當時漢元帝已死，漢成帝在位，詔書要她遵從胡人習俗，王昭君只好再當新單于的閼氏，又生了兩個女兒。

昭君在匈奴期間，漢朝無邊疆之患，足見和親比征伐更能帶給國家安全。她死後葬在朔方（今歸綏縣），塞外草原的草色很淺，稱為「白草」，可是昭君墳上的草色獨青，所以說是「獨留青塚向黃昏」。

春風不渡玉門關

【出塞】王之渙

黃沙直上白雲間，
一片孤城萬仞[1]山。
羌笛[2]何須怨楊柳，
春風不渡玉門關。

1形容千萬丈高。
2羌族的一種管樂器。

（＊本首詩句也有版本作「黃河遠上白雲間」）

這是一首描寫戍守邊外將士的鬱悶心情，至於春風為什麼「不渡玉門關」？難道塞外就一定沒有春風或春景？這就要說到東漢班超遠征西域的故事了。

東漢明帝時，竇固北伐匈奴，派班超、郭恂出使西域（循西漢武帝的戰略，切斷西域各國與匈奴的聯繫）。班超一行到達鄯善國，鄯善王迎接漢朝使節禮遇備至，可是隨後忽然態度有了轉變，班超問他的幕僚是否也感覺有異樣，幕僚說：

「胡人性情無常，應該沒什麼問題吧！」

可是班超仍然懷疑是因為匈奴也有使節到來，就把負責招待他們的侍者召來，詐唬他說：「匈奴的使節已經到了好幾天，現在哪裡？」侍者被唬住了，惶恐的回答：「已經到了三天，住在距離這裡三十里的地方。」

班超將侍者拘留起來，召集所屬三十六個軍職人員一同飲酒，等到大家都有了酒意，用話語刺激他們：「我們如今身處絕地，匈奴使節才來三天，鄯善王的態度就起了變化，如果被捉起來送交匈奴，咱們的骸骨恐怕要丟去給豺狼啃食了。大家看該怎麼辦？」屬下異口同聲：「要死要活都聽司馬（班超的職稱）指示。」

班超說：「不入虎穴，不得虎子。當今之計，只有趁夜以火攻發動奇襲，對方不知道我們人數多寡，心生恐懼，才能一舉消滅他們。剿滅了匈奴使節團，鄯善小國必定嚇破了膽（既怕漢使英勇，又怕匈奴報復），我等就成功了。」眾人表示：「要不要跟副使（郭恂）一同研究商量此事？」班超生氣的說：「是吉是凶就在今天要決定，副使是個文人，他若心裡害怕，一定會洩露軍情。咱們軍人如果死而不能揚名，不是男兒漢大丈夫！」眾人振奮：「幹了！」（班超自己是文人投筆從戎，深知文人思考模式。）

班超派十人拿著鼓埋伏在匈奴使節團住的賓館後面，其餘人員刀劍出鞘、弓箭上弦，各就各位後，順風縱火，火光一起，四面鼓噪，匈奴人睡夢中驚醒慌亂，殺死三十多人，其他都被燒死。

隔天早上，回到賓館才告知郭恂昨晚的行動，郭恂聞言先大驚，然後面色微動，班超知道他在想什麼，就舉手示意他不必急，說：「你雖然沒有同行，我又豈會獨攬功勞？」郭恂才面露喜色。（文人思考——怕死卻要功勞。）

然後班超請鄯善王前來賓館，出示斬下的一百多顆腦袋，告誡他「自今以後，不得再和匈奴往來。」鄯善國王叩頭表示誠心歸屬漢朝，並且派王子到漢朝當人質。

竇固再派班超出使于窴，並且要加派兵馬給他，班超說：「原來那三十六人足夠了，路途遙遠，多帶數百人又能增強多少實力？萬一有狀況發生，人數多反而累贅。」

到了于窴，于窴國王信任巫師，巫師對國王說：「神發怒了，為何親善漢朝？漢使有一匹騧馬，趕快拿來祭祠我。」于窴王向班超求馬，班超已經打聽到情況，口中答應，「可是得請巫師親自來取」，一會兒巫師到了，班超一刀斬下巫師腦袋，于窴王之前就聽說班超在鄯善的手段，這下子更大為惶恐，就殺了匈奴使者，歸順漢朝。

經此一役，西域諸國都派王子到漢朝當人質，從西漢之後，斷絕往來六十五年的西域，又再成為漢朝屬國。

五年後，朝廷召回班超，疏勒國擔心今後又被龜茲侵略，都尉黎弇自殺以期挽回班超，班超當時已走到于寘，于寘國王侯以下都哭泣著說：「我們依賴漢使（班超）如父母，你不可以棄我們而去。」抱住班超的馬腳，不讓他走。班超於是回心轉意，回到疏勒，那時疏勒已有二座城投降龜茲，班超將反叛者斬首，反擊龜茲，殺六百多人，安定了疏勒。

就這樣，班超留在西域三十多年，屢建奇功，後來年老思鄉，上書漢帝：「臣不敢望到酒泉郡，但願生入玉門關。」漢朝召回班超，一個月後，班超去世。

讀了班超的故事，聽了他「但願生入門玉關」的悲涼陳情，對「春風不渡玉門關」又自有另一番體會。

班超的遺缺由任尚接替，任尚向班超請教該如何治理西域，班超說：「我已經年老失智，你卻正是少年得志之時，豈是我所能及？如果一定要我貢獻愚見的話，塞外這些官吏士卒，原本都不是什麼孝子順孫，多半是因為在國內犯了罪，被流放到邊疆來；而蠻夷民族又懷著鳥獸之心（與漢人思考邏輯大不相同），難養易敗。由於你老兄的作風，嚴格且急切，要知道『水清無大魚』，為政過度查察為明就難以得到部下和衷共濟。我給你的建議很簡單：不計較小事，只抓大綱就好。」

班超走了以後，任尚私下對親信幕僚說：「我以為班超先生會有什麼奇策哩！

卻是如此平平淡淡。」結果，沒過幾年，西域就失去了安定，各國互相攻伐，漢朝也不再能掌控局勢，西方邊患再起。

於是我們對「春風」又有了另一層體會：班超在西域的作法，其實就是調和各方力量均衡，其作風猶如春風化雨。這甚至可做為今日超級強權自居「世界警察」的借鏡。

萬里浮雲陰且晴

【聽董大彈胡笳弄】 李頎

蔡女昔造胡笳[1]聲，一彈一十有八拍。
胡人落淚沾邊草，漢使斷腸對歸客。
古戍蒼蒼烽火寒，大荒[2]沈沈飛雪白。
先拂商絃後角羽，四郊秋葉驚摵摵[3]。
董夫子，通神明，深山竊聽來妖精。
言遲更速皆應手，將往復旋如有情。
空山百鳥散還合，萬里浮雲陰且晴。
嘶酸雛雁失群夜，斷絕胡兒戀母聲。
川為靜其波，鳥亦罷其鳴。
烏孫部落家鄉遠，邏娑[4]沙塵哀怨生。
幽音變調忽飄灑，長風吹林雨墮瓦。
迸泉颯颯[5]飛木末，野鹿呦呦[6]走堂下。
長安城連東掖垣[7]，鳳凰池[8]對青瑣門[9]。

1 樂器名。
2 大漠。
3 風吹樹葉聲。
4 唐代吐蕃的都城，今拉薩。
5 泉水的聲音。
6 鹿鳴的聲音。
7 禁牆。唐代長安禁中左右兩掖為中書、門下，給事中屬門下在東掖。
8 中書省。
9 指天子之門。

高才脫略名與利，日夕望君抱琴至。

在那個漢民族與匈奴民族交戰數百年的歷史中，並非每一個漢胡通婚的故事，都如同王昭君那樣既是自願，且了無遺憾。這首詩的主人翁蔡琰（文姬），有著極高的才華，卻又有極辛酸的遭遇。

蔡文姬的父親蔡邕，是東漢末年很有名的文學家，董卓專權時頗受重用。董卓被呂布刺殺時，蔡邕正在司徒王允家中作客，聽消息傳來，蔡邕忍不住發出一聲驚歎，這一聲「啊！」卻成了他的催命符。

司徒王允正是設計呂布殺董卓的主使人，《三國演義》中，說貂蟬是王允的乾女兒，父女兩人設下美人計，激呂布刺殺董卓。這一刻，王允正想要殺一個董卓餘黨以立威，當即扳起臉孔對蔡邕說：「董卓是國賊，幾乎顛覆了國家，你身為國家的高級官員，應該跟國家同一立場（專制帝王總是說「朕即天下」，任何一個睥睨天下的獨裁者也都以自己為國家代表，甚至一時的權力也會產生相同錯覺。此時此刻，王允即「國家」），想不到你居然感念董賊對你的那一點私人恩惠，豈不是形同叛徒？」下令將蔡邕交付廷尉監獄。

蔡邕認罪，乞求免死，得以完成他正在撰寫的《漢書》續篇。當時的知識分子和朝廷官員，很多人替他說情，王允一概否決，於是蔡邕在獄中被處死。

蔡文姬從小接受父親教育，博學有才，尤其精通音律。有一天晚上，蔡邕正在彈琴，突然斷了一弦，年幼的蔡文姬從隔壁房間說：「那是商（第二）弦。」蔡邕以為女兒只是碰巧猜對，故意再撥斷一弦，這次文姬說：「是羽（第四）弦。」才曉得這女兒真有天分。

董卓死後，戰亂連年，洛陽城多次遭外來軍隊劫掠，蔡文姬被西涼兵擄走，後來流落到南匈奴左賢王手中，左賢王鍾愛她的美貌與才華，跟她學習漢人文化，文姬為左賢王生了兩個兒子。

蔡文姬譜成「胡笳十八拍」，自訴流落異域的哀傷，「烏珠部落家鄉遠，邏娑沙塵哀怨生」，就是描想那種哀怨之情，那首曲子流傳回中原，聽到的人都「為之歎息泣下」。

曹操削平北方群雄，挾天子以令諸侯，他過去和蔡邕頗有交情（曹操文才甚高，且治國有方，只是被《三國演義》抹黑了），聽說蔡文姬流落塞外，就以黃金白璧為她贖身，匈奴左賢王忌諱曹操，只得「割愛」將文姬送回。

文姬歸漢之後，曹操將她許配屯田都尉董祀，卻不料董祀後來觸犯軍令，被判死刑。蔡文姬急奔曹操營轅求見，披散頭髮、赤著雙足向曹操叩首，為董祀請求赦罪，說：「明公以父執情深，將妾身從千里之外贖回，恩同再造，妾身至死都感念。先前嫁給董祀，也是您的命令，今天董祀若死了，妾當何以自處？跟著一起死，有負您當初大恩大德；不一同殉死，又有何面目見人？難道董祀的罪完全沒有寬宥的餘地嗎？」

當時曹操帳內滿坐著公卿、部將和遠方驛使，蔡文姬的陳辭充滿辛酸，舉座賓客為之動容。曹操說：「行刑文書已經發出，奈何！」文姬又再叩首請求：「明公馬廄裡有良馬萬匹，帳下虎士如林，難道吝惜一名騎使，而不能救一條垂危的生命？」

曹操被她打動，追令赦免了董祀的死罪，然後又垂詢文姬生活情形，並且問她：「夫人家中當年藏有許多典籍（指蔡邕藏書），可還記得內容嗎？」（存心考一考蔡文姬。）文姬回答：「往昔先父有四千餘卷藏書，這麼多年流離失所，都已經不存在了。只能就我背誦過的，為明公謄錄四百餘篇。」於是親自繕寫呈閱，毫無遺漏與錯誤，受到當世稱譽。

蔡文姬的〈胡笳十八拍〉已經失傳，但是在盛唐時期，長安城實際上是一個繁榮的國際都市，各種文化都在那裡匯聚，胡樂更是盛行。其中一位負具盛名的琴師，就是本詩所稱「董夫子」，本名董庭蘭，時人暱稱他為「董大」。

董庭蘭是陝西鳳州人，他在當時能集胡笳音樂之大成，並且整理成琴譜。天寶末年，應給事中（實質宰相）房琯之邀，到長安做門下清客，詩人高適在〈別董大〉詩中稱他：「莫愁前路無知己，天下誰人不識君」，可見董庭蘭當時的知名度。

不問蒼生問鬼神

【賈生】李商隱

宣室[1]求賢訪逐臣[2]，
賈生才調更無倫[3]。
可憐夜半虛前席[4]，
不問蒼生問鬼神。

1 天子正室，此指天子。
2 被放逐的臣子。
3 無比的意思。
4 空出座位給賓客，指禮賢下士。

賈生名賈誼，是西漢一位青年才俊，卻英年早逝。賈誼十八歲就能誦詩作文，精通諸子百家，二十多歲受漢文帝徵召為博士。太學眾博士當中他最年輕，可是每次皇帝交下問題來，老先生們無法回答時，只有賈生可以答出。除了因為他著實飽學之外，他敢於說出他人「想說卻不敢說」的話，是重要原因。（「敢說」未必是直言衝撞，賈誼文才、口才好，措辭技巧、引喻得當，就能暢言而不得罪老闆。）

漢文帝很欣賞他，一年內就拔擢他擔任太中大夫。他向皇帝提出〈治安策〉，主張「眾建諸侯而少其力」，也就是將諸王的封國土地，藉繼承的機會「推恩」分封給眾多王子，讓諸王封國變小，以免「強枝弱幹」。這項建議正迎合了文帝心意，就想立他為公卿，可是周勃、灌嬰這一批當權派非常排斥這位少年新貴，就輪流在皇帝面前「打針下藥」，結果他被派去當長沙王的太傅。賈誼在渡過湘水時，寫了一篇賦憑弔屈原，藉以抒發他懷才不遇的抑鬱心情。

過了一年多，漢文帝又召回賈誼，在「宣室」（未央宮前殿正室）與他對談，話題一直環繞在鬼神之事，君臣兩人一直談到半夜，文帝甚至將自己的坐席移到靠近賈誼的地方來聽，交談完畢，文帝對他稱讚不已。

可憐的賈誼準備了滿腹治國大計要向皇帝陳述，怎奈漢文帝「不問蒼生問鬼神」，不久又被外放去當梁王太傅，死在任上，那年他才三十三歲。

「不問蒼生問鬼神」這一句，後世引用來形容「為政者不務正業」，那倒是冤枉漢文帝了。這位被高陽譽為古今第一好皇帝的漢文帝，自己生活儉樸，遇到天災旱蝗就下令停止入貢；南越王稱帝搞獨立，文帝召喚其兄弟（人質？）給與賞賜，南越王因而感動，去帝號稱臣；匈奴破壞和親入寇，文帝下令只許防守，不准發兵出塞攻擊；吳王（後來在景帝時造反）稱病不入朝，文帝不追究真假，賜給几杖以示問候；連官員貪污被揭發，都賜給金錢，讓他們內心慚愧而改過。

其實，漢文帝知道賈誼有滿腔抱負，心懷大志，可是他的政策是寬仁治國，與民生息，所以只好跟他談鬼神之事了。

草枯鷹眼疾，雪盡馬蹄輕

【觀獵】王維

風勁角弓[1]鳴，將軍獵渭城；
草枯鷹眼疾[2]，雪盡馬蹄輕。
忽過新豐市[3]，還歸細柳營；
回看射鵰處，千里暮[4]雲平。

1 以獸角做裝飾的弓。
2 犀利。
3 漢高祖為父親仿故地建的城。
4 傍晚。

「細柳營」做為軍紀嚴明的代名詞，故事出自西漢周亞夫。

周亞夫是周勃的兒子，周勃是開國功臣，後來和陳平合謀平定諸呂禍亂，封為絳侯。周亞夫擔任河內郡守時，一位相士許負為他看相，說：「你三年後將封侯，再過八年後為將相，掌握國家大政，位極人臣，再過九年會活活餓死。」周亞夫笑著說：「我的大哥已經繼承老爸爵位，怎麼輪得到我？而如果依你所言富貴之極，又怎會餓死（官位崇高者或許可能會被砍頭，應不致於餓死）？請指教！」許負指著周亞夫的嘴，說：「你的嘴邊有縱紋入口，這是餓死之相。」

過了三年，應當繼承絳侯的駙馬爺周勝之犯罪除爵，漢文帝下令選擇周勃最優秀的一個兒子承繼周勃香火，大臣公推周亞夫，於是封周亞夫為條侯。當時，為了防備北方匈奴入侵，首都外圍設了三個軍營：劉禮駐軍霸上、徐厲駐軍棘門、周亞夫駐軍細柳。

有一次漢文帝去勞軍，御駕到達霸上和棘門，都可以一路馳進軍營，自將軍以下軍官都騎馬迎接、送行。可是文帝到了細柳營，營門衛兵身穿鎧甲，手持利刃，張滿弓弩，天子的先驅人員到達，不准進入軍營，先驅說：「天子馬上就到。」營門都尉說：「我們將軍的命令，軍中只聽將軍之令，不聽天子之詔。」漢文帝到達，同樣不得進入，於是皇帝派使者持節（信物）宣達詔令：「我要進入軍營勞軍。」周亞夫接詔，立即下令開大門，大門衛兵對皇帝的隨從說：「我們將軍的命令，軍營內車馬不得奔馳。」

漢文帝的車駕在營內徐徐前行，塵土不驚，細柳將軍周亞夫全副武裝向皇帝作揖，說：「穿著甲冑的將士不能下拜，請求以軍中禮節見面。」漢文帝為之動容，扶著車軾向軍隊致意，派人宣布：「皇帝敬勞將軍。」

完成勞軍儀式後，御駕出營，隨從群臣莫不為軍紀森嚴而驚懼。文帝說：「唉！這才是真將軍啊！前面去過的霸上和棘門，簡直如同兒戲一般，那種將軍很可能會被敵人襲擊俘虜，可是敵人對周亞夫哪裡有隙可乘呢？」一個多月之後，三個軍營通通換將軍，周亞夫改拜中尉（首都衛戍司令，漢武帝時改稱執金吾）。

漢文帝臨去世之前，告誡太子：「如果發生什麼緊急事故，周亞夫可擔軍國大任。」漢景帝即位，任命周亞夫為車騎將軍（地位僅次於大將軍）。

漢景帝時發生「七國之亂」，擢升周亞夫為太尉（相當國防部長兼參謀總長，後來改置大司馬大將軍）。周亞夫提出他的戰略：「吳楚等國軍隊輕裝、快速，不宜與他們爭鋒交戰，建議暫時不理梁國的危急（以梁在敵後牽制吳），然後斷絕敵軍糧道，才能制服他們。」漢景帝批准了這個戰略。

梁王是竇太后心愛的兒子，梁王一再向周亞夫告急，周亞夫卻深溝高壘按兵不動，梁王上書向景帝告狀，皇帝派出使節下詔周亞夫救梁國，太尉仍然堅持既定戰略堅守不出，另外派出輕騎兵攻擊吳楚軍隊的糧道，等到吳軍餓垮了撤退，周亞夫才以精銳之師追擊，大獲全勝。亂事平定，只打了三個月，將領們都認為是太尉戰略正確，可是梁王卻恨死了周亞夫。

二年後，周亞夫升為丞相，受到景帝的倚重，可是梁王和太后卻不停的「打針下藥」，皇后的哥哥王信想要封侯，周亞夫堅持「非有功不得封侯」，於是又得罪了皇后家族。（對照一下李廣和周亞夫。李廣私受梁王封號，犯了皇帝忌諱；周亞夫堅持中央集權，得罪了太后和梁王。兩個優秀的軍人，因為不懂政治，被整得好慘。）

匈奴有五位叛王來歸，漢景帝要封他們為侯爵，周亞夫認為若封他們為侯，「將何以責人臣不守節？」所以不贊成。這一次，連皇帝都火大了，說：「丞相的意見不可用。」將五人都封為列侯，周亞夫於是稱病（政治病）請假，景帝順勢以生病為由免了他丞相職務。

不久，皇帝在禁宮召見周亞夫，請他吃飯，桌上只放著一大塊燉肉，卻沒有切開（皇帝和臣子二人一塊肉，用意明顯），又不放筷子，周亞夫心裡不爽，向服侍人員索取筷子，景帝冷冷的笑著說：「難道你還不滿足嗎？」（你干預皇室的事還不夠多嗎？還想分我的肉嗎？）周亞夫猛然醒悟，脫下帽子向皇帝謝罪。皇帝起身（送客之意），周亞夫快速退出，景帝目送他出去，說：「這老傢伙心裡不平衡，不適合輔佐少主。」（殺機已啟。）

不久，周亞夫的兒子為老爹置辦殉葬器具，裡頭包括盔甲矛盾，被控告謀反。廷尉審問周亞夫：「條侯想要謀反嗎？」周亞夫回答：「那是殉葬器具，怎麼說謀反呢？」廷尉說：「你縱不反於地上，也是企圖在地下造反。」（典型的政治獄「莫須有」罪名。）周亞夫這才明白他是死定了，在獄中絕食五天，嘔血而死，果真應驗了「餓死」的預言。

雨滴長門秋夜長

【長門怨】李商隱

雨滴長門秋夜長，
愁心和雨到昭陽。
淚痕不學君恩斷，
拭卻千行更萬行。

本詩引用漢武帝陳皇后請司馬相如作〈長門賦〉，喚回皇帝恩寵的典故。陳皇后名阿嬌，是漢景帝的姊姊館陶長公主的女兒，漢武帝劉徹幼小時有一次坐在館陶公主膝上，姑媽問小姪兒：「把阿嬌許配給你好不好？」劉徹說：「好。」館陶：「那你要如何善待她？」劉徹：「我要為她建一座金屋居住。」也就是「金屋藏嬌」的故事由來，所以，這個成語原本不是「包二奶」，反而是寵愛老婆的意思。

劉徹後來被立為太子，更繼承了帝位，阿嬌也當上了皇后，起初頗受專寵，只可惜她一直沒有生兒子，在那個年代，平民百姓尚且「無後為大」，更何況事關帝位繼承。劉徹漸漸疏遠陳皇后，寵愛衛子夫（衛青的姊姊、霍去病的姨媽）。

封建帝王傳嫡不傳賢，因此奪嫡鬥爭往往非常激烈，為了奪嫡，後宮奪床鬥爭更是「血跡斑斑」，手法詭譎殘酷。陳阿嬌嫉妒衛子夫，更擔心皇后地位不保，情急卻又無策，於是求助於女巫楚服。

楚服為皇后做了幾個「小人」（用布和草紮成），分別寫上衛子夫和其他幾位較得寵的嬪妃名字，日夜以針刺詛咒，結果事機洩露，武帝派人在皇后宮中搜出小人，女巫楚服被斬，受牽連的有三百多人，就是有名的「巫蠱之禍」。陳皇后因此被廢黜，住進長門宮（冷宮）。

阿嬌不甘終老冷宮，她聽說武帝對司馬相如的賦讚不絕口，就請來司馬相如，給他千金稿費，做了一首〈長門賦〉，描述深宮怨婦的哀怨：「日黃昏而望絕兮，悵獨託於空房；懸明月以自照兮，徂清夜於洞房。」漢武帝看到這首賦，舊情重回記憶，開始善待陳阿嬌。（但未恢復皇后名分。）

專制帝王萬世一系的時代，欲爭王位就得「奪嫡」，為了替自己的兒子奪嫡，後宮就展開「奪床」，而後宮奪床、奪嫡的鬥爭之殘酷慘烈，更遠遠超過朝廷的奪權鬥爭。理由無他，朝臣奪權的標的只不過一時的榮華富貴，而奪嫡的標的卻是王位帝位——終極鬥爭當然得使出終極手段，巫蠱之禍就是一個例子。

奪床鬥爭失利的后妃，往往下場極慘，一旦打入冷宮，鮮有敗部復活的機會，少數的例外包括了陳阿嬌和後篇的趙飛燕。本詩拿「長門宮」和「昭陽殿」對比，長門宮是陳阿嬌遭廢黜時居住，昭陽殿則是趙飛燕的后宮，故事請見下篇。

楚腰纖細掌中輕

【遣懷】杜牧

落魄[1]江湖載酒行，
楚腰[2]纖細掌中輕。
十年一覺揚州夢，
贏得青樓[3]薄倖[4]名。

1 失意。
2 楚王好細腰女子，故稱楚腰。
3 妓院。
4 薄情的意思。

西漢成帝寵愛趙飛燕與趙合德姊妹，趙飛燕住昭陽殿，皇帝夜夜臨幸，笙歌不絕（所以和長門宮的冷清成為截然對比）。趙飛燕「腰骨纖細，身輕如燕，能做掌上舞」，就是本詩第二句的典故由來。

趙飛燕初入宮時，有一位博士名叫淖方成的見到她，對皇帝說：「這是禍水啊！一定會滅火的喲！」漢代流行五行說，而漢朝的國運是「火」，旗幟都用紅色，淖方成是警告皇帝：此女子太美了，恐怕會危害社稷。但是，大概是在劫難逃吧，漢成帝偏偏就愛死了趙飛燕和趙合德，並且據說是因為縱欲過度而暴斃，死後無嗣，種下了王莽篡漢的禍源，應了淖方成的讖言。

漢成帝原來的皇后姓許，寵愛的妃子是班婕妤，這位班婕妤知書達理，跟許皇后和睦相處，絕無後宮亂政之事。可是趙飛燕得寵以後，展開奪床鬥爭，向皇帝告狀：「許皇后和班婕妤因為被皇帝疏遠，心懷怨恨，請了巫婆施法詛咒皇帝。」成帝聽信枕邊之語，廢了許皇后，班婕妤在受審時自陳：「臣妾知道生死有命，富貴在天的道理。修行正道尚且未必蒙受上天福澤，搞邪門外道又豈能有指望？如果鬼神有知，不會接受邪惡的請求，如果鬼神無知，求祂又有啥用？所以不可能去做那等事情。」

漢成帝看到她的供詞，又念及舊情，未加罪於她，還賜給黃金百斤。可是班婕妤知道自己處於危險境地，所以自動請求退居長信宮奉養太后，皇帝批准了，就此「絕緣」。班婕妤做了一首〈秋扇詩〉，意謂自己猶如扇子，天氣熱時「出入君懷袖」，秋天一到就「捐棄篋笥中」，成為「秋扇見捐」成語典故。

趙飛燕如願被冊立為皇后，卻一直沒有懷孕——生不出皇子，這皇后地位就不穩。可是，不懷孕未必是她不行，可能是漢成帝縱欲過度而不行，趙飛燕求子心切，居然用牛車偷載年輕男子入宮「借精子」，偏偏被皇帝發現了，雖然沒有捉姦在床，但是種種環境證據充分，所以漢成帝非常光火，很想殺了趙飛燕，可是因為仍然寵愛趙合德，所以隱忍不發。

有一天，皇帝與趙合德對飲，酒酣耳熱，突然湧起被戴綠頭巾的怒火，趙合德離席下跪為老姊求情，願代姊一死，邊說邊流淚，「梨花帶雨，涕淚盈襟」。皇帝扶她起身，說：「妳沒有罪，可是妳的姊姊，朕真想砍她的頭，斷她手足，方解心頭之恨。」趙合德叩頭不已，表示情願先死，成帝不捨得她這樣，就答應不殺趙飛燕。

酒喝完，趙合德急忙前往昭陽殿，對趙飛燕說：「姊姊還記得嗎？小時候家裡貧窮，我們靠編織草鞋到市場換米維生，有一天妳換米回來，風雨交加，家中卻沒有柴火可以炊米，咱倆又餓又冷又睡不著，我抱著姊姊的背，兩人哭了一晚。「今天，咱們姊妹僥倖富貴了，已經處在最高位，為什麼要自求毀滅？如果再犯錯，再惹皇帝怒火，就肯定沒救了。今天還有妹妹我能救妳，萬一妹妹死了，姊姊還能仰仗誰呢？」

姊妹兩人相擁而泣，可是趙飛燕仍不承認自己有姦情，只說：「姊姊我有則改之，無則自勉。如今皇帝專寵妹妹一人，希望妹妹能力挺我，就像當日我引薦妳一樣。」

從那次以後，皇帝不再去昭陽殿，只「臨幸」趙合德一人。有一次，趙合德正在沐浴，皇帝剛好駕到，就偷窺她洗澡，侍女通報，趙合德急忙熄滅燭火，不讓皇帝看。可是漢成帝覺得偷窺很新奇刺激，下一次又去，禁止侍婢通報，看得「神思飛蕩，若無所主」，對近侍說：「可惜不能有二個皇后，如果可以，我馬上立昭儀（趙合德的後宮官階）為后。」

趙飛燕聽說皇帝有此癖好，就準備妥當，請皇帝前往一觀，皇帝躲在屏風後面偷窺。趙飛燕知道他的位置，擺出各種媚態，並且以水濺向皇帝──「偷窺」的樂趣頓時消失無蹤，皇帝沒等她「演完」就走了。

趙合德努力促成皇帝與姊姊復合，就藉著為姊姊慶生的名義，請皇帝一同前往昭陽殿，酒至半酣，趙飛燕對皇帝說：「曾經有一次，妾弄污了皇帝的衣服，陛下說不要洗了，留為他日紀念。當時陛下在臣妾頸間留下了齒痕，好幾天都不消退，往事如煙，想起來不禁泣下。」漢成帝聽了，觸動舊情，趙合德一看氣氛對了，託辭離去，皇帝與皇后當天晚上就在昭陽殿「重修舊好」。

可是，趙飛燕依然不能懷孕，趙合德也始終未懷孕，後宮妃嬪有兒子的，都被這對姊妹設計害死，於是有「燕啄王孫」的說法，而漢成帝因而絕嗣。

成帝死後，王莽開始掌大權，之後的哀帝活了二年，平帝活了五年，最後立一個年僅二歲的小皇帝，由王莽攝政，終於篡漢自立，西漢亡。

春城無處不飛花

【寒食】韓翃

春城無處不飛花，
寒食東風御柳斜。
日暮漢宮傳蠟燭，
輕煙散入五侯家。

寒食節大約在清明節前後，相傳是為了紀念介之推被火燒死，因此那一天禁止生火，吃冷的食物，也不許點燈。皇帝宮中乃賜侯爵官邸蠟燭，代表一種特權。欣賞這首詩，如果不知道「五侯」的典故，就淡而無味了。

漢朝自高祖劉邦開始，就有一項不成文法：非劉姓皇族不得封王，非有大功於國家不得封侯，這是鞏固政權的考量。可是劉氏宗親封王也曾發生「七國之亂」，且因漢朝常常是幼主繼位，受到叔伯諸王的威脅很大，於是太后援引娘家兄弟來幫助，形成外戚干政。外戚太囂張了，小皇帝長大後血氣方剛，想要除掉舅舅，可是朝臣都是「舅爺黨」，只能與從小旦夕相處的宦官商量，於焉形成宦官干政。從

「舅爺政治」變成「太監政治」，專業官僚哪還有發揮空間？施政品質可想而知。

詩中說的「五侯」，是東漢桓帝一次將五位宦官封侯爵的事件，而且因為那「五侯」還興起了一次大獄——從此宦官全盤掌握朝政，宗室、外戚通通靠邊站，文官系統噤若寒蟬，漢朝就此向下沉淪。

宦官封侯的首例，是漢和帝誅滅專權的舅舅竇憲（竇憲曾北伐匈奴，勒石燕然山，至少還有軍事上的功績），幫助皇帝立此大功的是宦官鄭眾，鄭眾事後一再辭讓賞賜，和帝因此更加認為他很賢能，大小政事都跟他商量，並封他為鄛鄉侯，這是東漢宦官用權的開始。之後幾任皇帝都曾封宦官為侯爵，可是基本上還是由外戚掌握大權，直到漢桓帝。

桓帝的寶座其實是舅爺梁冀「賞」給他的。之前漢順帝暴卒，年僅兩歲的沖帝即位，梁太后臨朝，大司馬大將軍梁冀（太后的老哥）於是掌握大權。而沖帝即位不到半年又染上重病去世，當然不可能有後嗣，於是太后（其實是梁冀）降旨，迎接渤海王劉源（八歲）入京嗣位，是為漢質帝。

梁冀經過這二次皇位「換手」的洗禮，權力愈發集中，不但對朝廷大臣頤指氣使，連對小皇帝也很無禮，甚至認為梁太后都有一點「礙手礙腳」。

漢質帝一個八歲男孩，不懂人情世故，更不懂政治險惡，可是已懂得好惡，而且還沒學會隱藏自己的感情（這一點，不及清朝康熙皇帝甚遠）。有一天在早朝時候，看不慣梁冀的囂張與傲慢，忍不住脫口而出：「這真是跋扈將軍啊！」梁冀聞言，頓起殺心。

有一天，梁冀命人在小皇帝的「煮餅」（煮在湯中的麵片）裡下毒，吃下去以後，馬上感覺不舒服，急忙召喚太尉李固進宮，李固問皇帝吃了什麼食物，質帝說：「吃了煮餅，現在肚子裡悶得難過，給我喝水也許還可活命。」梁冀一旁插話：「喝水怕引起嘔吐，不可以……。」話沒說完，小皇帝已經斷氣。

這下子又要商量立新皇帝了，梁冀卻成竹在胸，原來他還有一個妹妹已經許配給蠡吾侯劉志，當時正好已到達洛陽準備行婚禮，於是梁太后又降懿旨，立劉志為嗣皇帝，是為漢桓帝，而梁冀又成為皇帝的大舅子。

至此，梁冀更加肆無忌憚，曾經得罪他的朝臣，下獄的下獄、暗殺的暗殺，甚至禍及家族。他本人則驕奢淫侈，還建了一座私人林園，跟皇帝的派頭一樣大，為所欲為的日子過了十年。

漢桓帝此時已經二十六歲，不願再忍受窩囊氣，於是找來貼身宦官唐衡、單超、左綰、徐璜、具瑗五人，由桓帝親口咬破單超的手臂，六人歃血為盟。

梁冀這隻老狐狸也嗅出宮中氣氛不對，就派了一個附從他的宦官張惲住進內廷，以便就近監視，反而被具瑗抓起來，說他「擅闖宮禁，圖謀不軌」，在皇帝親白審問下，招出梁冀「謀反」的企圖。於是，皇帝下令，先肅清宮中梁冀黨羽，再調羽林軍包圍梁冀官邸，收回大將軍印綬。梁冀知道大勢已去，自己過去做惡多端，樹敵太多，活著受罪必定生不如死，於是服毒而死。

單超等五人受封侯爵，食邑都超過萬戶。可是文官系統見不得宦官封侯，白馬令李雲率先發難，上書指出：「高祖若聽到，能不怪罪嗎?鎮守西北邊境的將領（有戰功卻不得封侯者）聽說，豈不動搖軍心？」桓帝為此大怒（因為既用祖宗壓他，又用將領威脅他），將李雲下獄論罪。偏偏中國讀書人「硬頸」得很，又有一個叫杜眾的上書「願與李雲同日而死」，桓帝愈發生氣，將杜眾一併下獄。

當時士人的精神領袖陳蕃和中常侍（宦官最高官位）管霸以及好幾位大臣都站出來替他倆講情，桓帝將他們通通臭罵一頓，仍將李雲、杜眾處死。

再回頭看本詩，第一句描寫花，不稱「開花」而稱「飛花」，第二句描寫柳，不稱「柳細」而稱「柳斜」，都語帶輕薄。及至第四句「輕煙散入五侯家」，終於明白詩人是諷刺宦官當道，百姓一律不許點燈，但宦官卻既封侯又有點蠟燭的特權，正因為唐朝中葉以後，也是宦官當權，韓翃不敢直接批評，只好藉古諷今一番了。

出師未捷身先死

銅雀春深鎖二喬

【赤壁】杜牧

折戟[1]沈沙鐵未消，
自將磨洗認前朝。
東風不與周郎便，
銅雀春深鎖二喬。

1 折斷的戟。戟是古代兵器，竿端有枝狀利刀。

奠定三國鼎立局面的赤壁大戰，說是孫權、劉備合力抵抗曹操，實際上主力作戰是吳軍，主帥則是周瑜。

話說曹操率八十萬大軍南下，致送一封信給孫權：「我奉皇帝命令討伐不服的諸侯（挾天子以令諸侯），軍旗指向南方，劉琮（荊州）已經束手投降，如今率領八十萬大軍，正想和你孫將軍一同在江南地方打獵。」這哪是邀請「會獵」？根本就是招降！孫權將這封信出示群臣，眾大臣莫不震驚失色，老臣張昭等就認為「東吳所憑恃抵抗曹操的是長江天塹，如今曹操已攻下荊州，得到荊州水軍，天險已不足恃，眾寡又懸殊，肯定打不贏，不如向他宣誓效忠」。

現場一片投降主張，只有魯肅不發一言，趁孫權進內室上廁所的機會進言：「這些傢伙都想誤導將軍，事實上，我魯肅可以投向曹操，大概還可以落得一官半職（其他大臣也一樣），可是將軍您要如何自處？」孫權其實是不願投降的，聞言就與魯肅定計，召回正在鄱陽湖訓練水軍的周瑜，交付抗敵重任。

周瑜一見孫權，就分析大勢：「曹操名為漢相，實為漢賊。如今他自己北方尚未安定，馬超、韓遂在函谷關以西更是曹操的後患，況且北方軍隊不熟習水戰，又不服南方水土，一定會疾病流行，這都是用兵大忌。我請求精兵數萬，為將軍擊破曹操。」

孫權聽了「正合孤意」，興奮之餘，拔刀砍斷座前案几，說：「哪個再敢說要投降曹操，就跟這桌子一樣下場。」當天晚上，周瑜再晉見孫權，說：「曹操號稱八十萬大軍，其實他帶來的中原部隊不過十五、六萬，而且已經師老兵疲，新近收編的荊州部隊也不會超過七、八萬，且軍心還不穩，我周瑜能有五萬精兵就足以克敵制服了。」孫權拍拍周瑜的背，說：「公瑾（稱周瑜的字，以示親切）所言和我心意相通，我全靠你和子敬（魯肅字）兩個了。不過，五萬兵馬一時還湊不齊，先給你三萬人，陸續再增援。」（其實傾全國也只有三萬可用之兵。）

兩軍在赤壁對峙，曹操在北岸，周瑜在南岸，黃蓋向周瑜建議用火攻，選了十艘戰艦，載滿灌了油的乾燥柴草。當時東南風急，黃蓋事先派人向曹操輸誠（詐降），所以船隻疾駛北岸時，曹軍將校還出營站立觀望，接近到二里距離，十艘船同時點火，「火烈風猛，船往如箭，燒盡北船」，火勢更延燒到岸上營壘，曹軍溺死、燒死不計其數，南軍大勝，這就是赤壁大戰。

那個時節正是秋天，卻剛好有東南風助陣，在氣象學不發達的年代，只能說是「天意如此」。（《三國演義》寫「孔明借東風」，純屬小說家杜撰，所以杜牧本詩說，如果「東風不與周郎便」的話，歷史就要改寫了。）

至於「銅雀春深鎖二喬」，銅雀臺是有的，遺址位在河北臨漳縣，記載中「樓高十丈（約三十三公尺），頂上有一丈高的銅雀」，而曹操是不是為了「二喬」揮軍南下，歷史沒有記載，《三國演義》卻有極為生動的故事。

諸葛亮與周瑜二位當世奇才第一次見面，周瑜故意不表露內心的主戰意向，反而說：「戰則必敗，來日見主公（孫權），便當遣使納降。」

諸葛亮其實已看穿周瑜心思，故意順著他的話說：「公瑾主意欲降操，甚為合理。」周瑜說：「孔明乃識時務之士，必與吾有同心。」其實，周瑜多半已知道諸葛亮也是主戰的，否則劉備自己投降就好了，幹麼還來找他？可是「瑜亮情結」促使他繼續試探孔明，卻因而中了諸葛亮的「圈套」。

諸葛亮再提出一個納降的主意：「只須派遣一名使節，駕一葉扁舟送兩個人到江上，（曹）操一得此兩人，百萬之眾當卸甲掩旗而退矣。」

周瑜上了孔明的「鉤」，問：「用何二人，可退曹兵？」

孔明：「江東去此二人，如大樹飄落一葉、太倉減少一粟而已；但曹操必大喜而去。」

周瑜愈發急著咬「餌」：「到底是哪兩人？」

孔明這才「收線」：「我聽說曹操在漳水旁建了一座銅雀臺，極其壯麗，廣選天下美女送進臺中。他久聞江東喬公（喬玄）有兩個女兒大喬和小喬，有沉魚落雁之容、閉月羞花之貌，於是發誓『我生平第一志願是掃平四海以成帝業，第二志願是得到江東二喬，放進銅雀臺以娛晚年，雖死無憾矣』，所以他率領大軍南下，目標就是這兩位美女。」

喬玄的兩個女兒，大女兒嫁給孫策（孫權之兄），小女兒嫁的不是別人，正是周瑜。周瑜聽了孔明的話，強忍一腔怒火，再問：「有什麼證據？」

諸葛亮早有準備，當即朗誦曹植的〈銅雀臺賦〉：「攬二喬於東南兮，樂朝夕之與共」，這下子周瑜抓狂了：「吾與老賊誓不兩立」，於是兩人決定聯手共破曹軍。

事實上，銅雀臺建成於西元二一〇年，赤壁之戰是二〇八年，曹植的賦作於二一二年，並且曹植曾建議在銅雀臺兩旁建玉龍臺和金風臺，以「飛橋」橫空連結，所以是「二橋」而非「二喬」。

由「二橋」引申為「二喬」，應該很早就有流傳，所以唐朝的杜牧才會寫「銅雀春深鎖二喬」，早於元代的《三國志話》與明代的《三國演義》，可見此一「八卦」之歷久不衰。

欲得周郎顧，時時誤拂弦

【聽箏】李端

鳴箏金粟柱，
素手玉房前。
欲得周郎顧，
時時誤拂弦。

周瑜中了孔明一句「銅雀春深鎖二喬」的激將法，《三國演義》為了烘托孔明，將周瑜描繪成一個心眼狹窄的角色。事實上，周瑜不只具有軍事才能，他的興趣非常多元，尤其精通音律，即使在酒過三巡之後，如果席間助興的樂師在演奏中有所缺失，他立刻就聽得出來，而且會回頭看。當時人稱「曲有誤，周郎顧」，也就是「顧曲周郎」的典故由來。

本詩「欲得周郎顧，時時誤拂弦」另有一段故事。周瑜娶的是小喬，小喬有一位陪嫁侍女琮兒，琴彈得很好，可惜因幼年生病，卻家貧延誤就醫，而失去了語言能力。

周瑜因為喜歡音樂，但是軍營之中不方便帶樂隊，除了嚴肅軍紀之外，自然也有保密的考量。琮兒口不能言，卻成了她的「優點」，因此周瑜戎馬倥傯之際，常常帶著她一道。

赤壁大戰之前，蔣幹向曹操請命到周瑜軍中當說客，周瑜宴請蔣幹的筵席間，琮兒在旁彈琴助興，琴聲悠揚，蔣幹讚賞的對周瑜說：「人言『曲有誤，周郎顧』，公瑾（周瑜字）得此善琴侍女，再無曲誤之顧了！」

周瑜聽到樂曲演奏有誤就要回頭，其實正反映了他「容不得一點差錯」的求全個性，這種個性的人通常極度優秀，可是面對挫折時的ＥＱ就可能差一點（「既生瑜，何生亮」，是不甘心在百般算計之後仍落下風，並非單純嫉妒）。可能是後來咯血之病太重了，周瑜將琮兒送回喬府，周瑜死後，琮兒也鬱鬱而終，留下手書：「欲得周郎顧，時時誤拂弦」，大家才知道，琮兒以前為了想得到周瑜的「一顧」，會故意彈錯。

是李端本詩引用故事，抑或後人因詩而附會出故事，已不可考。

至於本詩裡的二根「骨頭」：「柱」就是繫弦之處，「金粟」是柱的裝飾；「玉房」則是箏上方的枕弦。

古來聖賢皆寂寞，唯有飲者留其名

【將進酒】 李白

君不見黃河之水天上來，奔流到海不復回？
君不見高堂明鏡悲白髮，朝如青絲暮成雪？
人生得意須盡歡，莫使**金樽**[1]空對月。
天生我材必有用，千金散盡還復來。
烹羊宰牛且為樂，**會須**[2]一飲三百杯。
岑夫子[3]，**丹丘生**[4]，**將進酒**[5]，杯莫停。
與君歌一曲，請君為我傾耳聽：
鐘鼓饌玉[6]不足貴，但願長醉不願醒。
古來聖賢皆寂寞，唯有飲者留其名。
陳王昔時宴平樂，斗酒十千**恣讙謔**[7]。
主人為何言少錢？**徑須**[8]沽取對君酌。
五花馬[9]，**千金裘**[10]，
呼兒**將出**[11]換美酒，與爾同銷萬古愁。

1 形容華麗酒杯。
2 應該的意思。
3 指岑徵君。
4 元丹丘，李白平輩朋友。
5 請喝酒。
6 宴會時的音樂與珍貴菜餚。
7 任意歡笑嬉鬧。
8 直須的意思。
9 指五色花紋的好馬。
10 價值千金的皮衣。
11 拿出來。

李白又一次要跟你「一飲三百杯」，可是這次不和你「同死生」，卻要和你「同銷萬古愁」。愁什麼呢?愁「古來聖賢皆寂寞」，愁「天生我材卻未必有用」。可是，古來酒鬼那麼多，為何偏偏只提「陳王」？

陳王，就是前篇作〈銅雀台賦〉的曹植，曹植才華洋溢，起初曹操比較賞識這一個兒子，曾經有意立他為嗣，並且說：「子建（曹植字）在我的兒子當中最能成大事。」。

曹操有一次測驗他的兒子，派曹丕和曹植各自從首都鄴城的不同城門出去辦事，可是事先卻密令守門官吏不准開城門。曹操屬下有位聰明絕頂的楊修（他的故事很多，此處不多說），他對曹植說：「如果守門者不肯為你開門，你受的是王命（曹操封魏王），可以下令斬他。」曹植採用了楊修的計策，斬了守門官吏出城；而曹丕到了城門口，因為父王下令不准開門，就回去了。

曹操是不是因此而認為曹丕比較穩重，所以沒有改立曹植？不知道。可是曹植「任性而行，飲酒不節」是事實，無論是為了人民著想，還是為自家天下著想，曹操的決定都是正確的。

曹丕承襲了曹操魏王爵位不久，就篡了漢獻帝的皇位，改國號為魏，曹植被封為「陳王」。一個才氣高且任性的皇子，又因老爸以前曾有意傳位給他，於是有諸多「不敬」言論。曹丕城府深沉，一概忍下，靜候機會。

機會給他等到了，曹植和幾位官員酗酒，以致於誤了公事，曹丕於是將曹植召至宮中，命他「七步成詩」，做不出來就要動用「大法」。曹植不待開步走，應聲作詩：「煮豆持作羹，漉菽以為汁；萁在釜下燃，豆在釜中泣。本是同根生，相煎何太急。」曹丕聽完為之不忍，就赦了他的罪。

其實，曹植不完全只是一個放浪享樂的風流才子，他曾屢次上書皇帝老哥，提出他對政治、軍事方面的見解，甚至自請率軍出征，可是都不獲批准。

而曹丕也不完全是一個篡奪王位、迫害兄弟的皇帝，他汲取東漢因外戚、宦官為禍而亡國的教訓，對諸藩（兄弟）、后家、宦官都刻意壓抑，並且用賢納諫，稱得上是一位英明之主。

偏偏造化弄人，曹植屢次上書老哥要重用同姓宗族，要防範異姓，曹丕則堅持政策，不用親貴，而後來魏國就被司馬氏篡奪了——防了兄弟、外戚、宦官，卻防不住有野心的權臣。

曹植比較對？還是曹丕比較對？實在難以定論。但是對李白而言，曹植跟他是「同路人」（既是好酒貪杯的同好，又都自負才氣，認為遭時不遇受到打壓），當然同情曹植嘍！至於「天生我材必有用」，經常只是失意者相互安慰罷了！

一寸相思一寸灰

【無題】李商隱

颯颯東風細雨來，芙蓉塘外有輕雷。
金蟾[1]**齧鎖**[2]燒香入，**玉虎**[3]牽**絲**[4]汲井回。
賈氏窺簾韓掾少，宓妃留枕魏王才。
春心莫共花爭發，一寸相思一寸灰。

1 蟾蜍狀的金屬香爐。
2 指蟾蜍的口銜著鎖環。
3 指井欄的裝飾。
4 指汲水用的繩索。

曹植和曹丕兄弟之間，除了爭位，還有一段「情結」，女主角是甄妃。

甄妃名宓，父親是漢末上蔡縣令甄逸，曾經有一位面相專家劉良為甄逸全家看相，指著小女兒甄宓說：「此女貴不可言。」她從小就喜歡認字讀書，常常借用哥哥們筆硯，那個年代「女子無才便是德」，哥哥笑她：「妳喜歡作文習字，難道想當女博士嗎？」甄宓回頂老哥：「古代的賢淑女性皆能引用歷史成敗做為借鏡，不讀書又怎麼知道歷史？」

十多歲時，正值凶年饑饉，地方上缺糧食，甄家是殷實戶，倉庫裡有儲糧，甄宓對母親說：「匹夫無罪，懷璧其罪，有儲糧引人覬覦。建議開倉賑濟鄉里，以求安寧。」甄逸採納了這項建言，果然地方上都感激他的恩惠，饑民作亂經過上蔡，對甄家一族秋毫無犯。

袁紹聽說有這麼一位才德俱備的女子，就為他的兒子袁熙娶她進門。後來袁紹過世，曹操打敗袁氏弟兄，攻入鄴城，曹丕率軍先入袁紹府邸，甄氏披髮垢面站在袁紹妻子劉氏的後面，曹丕問「那是何人」，劉氏說是媳婦，曹丕命令她抬起頭來，曹丕一看就中意了。（甄宓披髮垢面的目的在掩藏她的美貌，卻反而吸引了曹丕注意到她。）

偏偏曹植也喜歡上了甄宓，向曹操請娶甄氏為妃，曹操決定將甄氏嫁給曹丕，於是就有曹植暗戀嫂嫂的傳說，後來又因曹植寫了一篇〈洛神賦〉，因而「鐵證如山」。

〈洛神賦〉是述說曹植途經洛水，夢見洛水之神送給他「玉帶金縷枕」，說：「這是我陪嫁時帶去的枕頭」，經過後世文人的附會與N手傳播，洛神乃成為甄妃，而成為本詩「宓妃留枕」的典故。

至於「賈氏窺簾」是另一個「鳳求凰」的故事：

西晉的韓壽英俊貌美，尚書僕射（宰相）賈充聘他為掾（文書幕僚），賈充幼女賈午有一次在竹簾後面窺見韓壽，一見傾心，就與他有了私情。皇帝賜給賈充西域進貢的特種香料，賈午偷偷將之送給韓壽，有一天，賈充聞到韓壽「體有異香」，就發現了女兒和屬下這一段私情，便將女兒嫁給韓壽。

賈充原本是魏朝大臣，西瓜偎大邊，靠上了司馬昭，助他弒君篡奪，成了晉朝的開國功臣。大女兒賈南風嫁給晉惠帝，是位智能不足的皇帝，賈后性欲極強，蠢皇帝不能滿足她，她就趁夜晚用黑車載年輕人入宮，如果不稱她之意，事後就殺之滅口。

當時洛陽城南門守衛部隊有一個下級軍官，外表俊美，突然像發了橫財似的，衣著華麗，出手闊綽。這種與身分、收入不符的現象，引起了他的主管疑心，猜想不是貪污就是竊盜，將他拘起審訊。

這位少年軍官供稱：有一天傍晚，在路上遇到一位老嫗，邀請他上車，卻將他塞進車中一個大箱子裡，他估計馬車走了十餘里，經過一重又一重的門禁（過門禁得停車），才開箱讓他出來。問是何處？侍婢答：「這裡是天上，不是人間，別多話，好事自來。」

婢女服侍那少年以香湯沐浴、穿上綢緞衣服、吃美食佳餚，然後進入內室，見一位夫人，她身材不高、皮膚不白、眉毛尾端有一塊痣記，兩人歡好數日，送給他許多財物、衣帛。

那主管一聽就明白是怎麼回事，不敢再追究下去（可見消息已人盡皆知）。

以此見之，賈充兩位女兒都屬「主動積極」的女性，在今天很平常，在當年就不容於禮教輿論了。

抽刀斷水水更流，舉杯消愁愁更愁

【宣州謝朓樓餞別校書叔雲】

李白

棄我去者昨日之日不可留。
亂我心者今日之日多煩憂。
長風萬里送秋雁，對此可以酣高樓。
蓬來文章建安骨，中間小謝又清發[1]。
俱懷逸興壯思飛，欲上青天攬明月。
抽刀斷水水更流，舉杯消愁愁更愁。
人生在世不稱意，明朝散髮弄[2]扁舟。

1 清新發越的意思。
2 駕乘。

詩人對「人生在世不稱意」的感慨，託於「建安七子」，就是因為那七位在建安年間享有盛名的詩賦名家，雖有名卻不得志，而且表露在他們的作品中，後世稱之為「建安風骨」。

「建安七子」是：孔融、陳琳、王粲、徐幹、阮瑀、應瑒、劉楨等七位，由於曹丕〈典論論文〉的推介而稱為「建安七子」。曹操被一本《三國演義》醜化，曹丕因「七步成詩」故事而蒙上迫害弟弟（相煎太急）的形象，其實曹氏父子都有文才，曹操更能在那個戰亂時代締造出一段太平盛世（建安文風就是證據），而曹丕的〈典論論文〉、〈與吳質書〉更是文學評論的經典之作。

然而，曹操的用人哲學是「只要有能力，不論其品德」，以致於那些有文才、有學識可是缺乏行政能力者，就難以「得志」。

孔融是最明顯的一個例子，大家都曉得「孔融讓梨」的故事，另外還有一個關於他小時候的故事。

孔融十歲時隨父親到洛陽，當時文人的精神領袖是李膺，每日賓客盈門，知名度不夠或沒有什麼關係的人想見他，門房連通報一聲都不肯。

孔融去到李膺家門口，對門房說：「我是李大人的親戚。」門房為他傳達，見到了李膺。

李膺問他：「請問我們有什麼親戚關係？」

孔融：「我的祖先仲尼（孔子）曾經向大人的祖先李耳（老子）執弟子之禮，所以我們兩家是多少代的世交了！」

李膺和他的賓客都為這個十歲小童的口才稱奇不已。賓客之一的太中大夫陳韙故意刁難這小孩，說：「小時了了（聰明），大未必佳。」

孔融回頂他一句：「這樣看來，您小時候一定非常『了了』吧！」讓陳韙當場下不了台。

如此一位神童，文采必然華麗，可是據《後漢書》記載，他「清談高論，嘘枯吹生，並無軍旅之才」，這種人對曹操而言是「無用」的。而東漢名士清流掌握了「輿論」主流，曹操對待他們是既籠絡、又防備，孔融是一個，陳琳是另一個。

陳琳的詩歌作品，最有名的是〈飲馬長城窟行〉，孟姜女哭倒長城的故事因為這一篇而更深入人心。可是陳琳起初是在袁紹帳下當他的文膽，還為袁紹草擬討伐曹操的檄文，把曹操罵成「贅閹遺醜，本無懿德，僄狡鋒協，好亂樂禍」，真可謂狗血淋頭。等到袁紹敗了，曹操仍然延攬陳琳到幕府中當文膽，只對他說：「你為袁紹寫文章，罵我，是你的職責，可是為什麼要罵到我的祖父呢？」陳琳後來隨曹操四出征伐，也寫了很多揄揚曹操的文章，可是卻始終屈居文筆小吏。

其他如王粲以〈登樓賦〉聞名於世，卻一直鬱鬱不得志，劉楨甚至因為在宴席上「平視」（眼光直視）曹丕的老婆甄氏而獲罪。簡單說，建安七子個個文采飛揚，可是個個仕途不順，李白以「七子」的遭遇，安慰他的好友李雲，因為李白一向認為李雲的文章有「建安風骨」。

至於「小謝」，南北朝時南方的宋朝詩人謝靈運、謝惠連並稱「大、小謝」，李白自己最喜歡小謝，所以用「蓬萊文章建安骨，中間小謝又清發」來擬喻李雲和自己。

而李雲與李白餞別的地點謝朓樓，謝朓是北齊時的宣州太守，又是一位才高而在世時不得志的人物。場地、人物與離情交織，於是成就了這首傳頌千古的詩。

功蓋三分國，名成八陣圖

【八陣圖】杜甫

功蓋三分國，
名成八陣圖。
江流石不轉，
遺恨失吞吳。

諸葛孔明因為一本《三國演義》而被神化，「八陣圖」就是一個例子，演義中這一段故事是如此寫的：

劉備為報關羽之仇，起兵攻打東吳，在猇亭地方連營七百里（軍容盛大），卻被東吳陸遜一把火給燒垮了。

陸遜追擊蜀漢軍隊到了魚腹浦，「看見前面臨山傍江，一股煞氣，沖天而起」，連番派人前往偵察探視，都回報說「未見軍隊屯駐」。陸遜親自帶了數十名騎名前往，一進陣門就被困在裡頭，「方欲出陣，忽然狂風大作，一霎時飛沙走石，遮天蓋地」，眼前出現幻象，「怪石嵯峨，槎椏似箭；橫沙泥土，重疊如山；

江聲浪湧，有如劍鼓之聲」。陸遜大驚：「吾中諸葛亮之計！」等到狼狽出陣，劉備已經逃遠了。

原來諸葛亮早在這裡擺下「八陣圖」：每日每時，變化無端，可比十萬精兵。

小說的渲染手法雖然看得過癮就好，不必當真，可是《三國演義》是明朝羅貫中寫的，而杜甫是唐朝人，可見諸葛亮八陣圖在唐時已有，不是羅貫中杜撰。而另一位唐代詩人劉禹錫的《嘉話錄》記載：「八陣圖的石堆宛然猶存，三峽大水過後，江邊萬物形態都為之改變，只有八陣石堆行列依然，將近六百年迄今不動。」

事實上，「八陣」有其兵法上的淵源，《孫臏兵法》就有「八陣」一篇，但那是行軍布陣之法，沒有堆石為陣那麼回事。然而諸葛亮精通「機關」之術，史書上也有記載他說過：「八陣既成，自今行師，應不覆敗矣！」他將戰國時期以車戰為主的布陣之法，注入工事構築，是有可能的。

八陣圖的遺址，除了長江魚腹浦的六十四方陣之外，還有「新都一百二十八當頭陣」和「定軍山二百五十六下營陣」二處。繼他之後，西晉馬隆、後魏刁雍都採用諸葛亮的方陣戰術，以步兵抵抗北方民族的騎兵。

唐朝開國名將李靖將之發揚光大，創「六花陣法」，他對唐太宗說明：「這是效法諸葛亮八陣法，大陣包小陣，大營包小營，……。」李世民與李靖的對話《唐太宗與李衛公問對》，後來也成為中國古代重要兵書之一。

至於本詩末句「遺恨失吞吳」，似乎是《三國演義》故事的本源，但是宋代蘇東坡卻說：「我曾夢見杜甫，他對我說：世人皆以為我那〈八陣圖〉詩是指劉備為關公報仇，恨不能吞滅吳國。其實我的本意是，吳蜀唇齒相依，不應該互相抵消，我是感慨兩敗俱傷，以致被北方政權各個擊破，而有遺恨啊！」

蘇東坡這個說法，是不是杜甫原意？無法考證；但是若諸葛亮復生，肯定會表示「深得我心」。

諸葛亮的韜略，一是〈隆中對〉，在劉備一路由北方往南奔逃，惶惶然如喪家之犬的情況下，居然提得出「連孫吳、據荊襄、取巴蜀」的敗部復活大戰略，終於赤壁一戰成功，奠定鼎足三分局面，當然稱得上「功蓋三分國」。

然而在曹操挾天子以令諸侯的威勢之下，「聯吳制魏」是他又一大戰略，並且經長時期的努力維持這項戰略，才能在赤壁大戰之後，進取西川，徐圖中原。

遺憾的是關羽、呂蒙者流，帶兵打仗很能幹，卻完全不瞭解外交，結果鬧到吳蜀二國兵戎相見，破壞了「兩邊和大於第三邊」的均勢，最終被北方的政權分別收拾。

若依此詮釋，則他的「遺恨」是劉備意圖「吞吳」之「失」，而非因吞吳戰事失敗而遺恨。

是耶？非耶？千古風流人物俱已被浪花淘盡，後人只能汲取歷史教訓，毋再犯古人失誤，否則將免不了再生遺恨！

出師未捷身先死

【蜀相】杜甫

丞相祠堂何處尋，錦官城[1]外柏森森。
映階碧草自春色，隔葉黃鸝空好音。
三顧[2]頻煩天下計，兩朝開濟老臣心。
出師未捷身先死，長使英雄淚滿襟。

1古時四川成都為主錦官居住處，故稱。
2指劉備三顧茅廬拜訪諸葛亮的故事。

杜甫避安史之亂入蜀，國亂思良相，緬懷諸葛亮的作品頗多。本詩題為「蜀相」而非「諸葛祠」，可以體會他的重點在人不在祠，對匡復社稷的「老臣心」又重於對人的追思。

劉備伐吳大敗而回，憂憤成疾，病危之際對諸葛亮說：「先生的才幹十倍於曹丕，必定能夠安邦定國。如果我的兒子（劉阿斗）還可以的話，則請你輔佐他，如果他實在不成才，就請取代他自己當國君。」

諸葛亮在病榻之前流著淚說：「我一定竭盡所能效忠（阿斗），到死為止。」

劉備再訓示太子：「人活過五十歲就不算夭壽，我已經六十多歲了，沒什麼遺憾，只有掛念你們兄弟而已。你要謹記『勿以惡小而為之，勿以善小而不為』，凡事要聽丞相的話，要敬他如父。」說完不久，就去世了。

諸葛亮輔佐劉禪（阿斗）果然如他在劉備病榻前的誓言，事必躬親，治理「天下未亂蜀先亂」的四川，史書具體描述如下：「朝會不譁，路無醉人；吏不容奸，人懷自勵；道不拾遺，強不淩弱，風化肅然。」好一幅太平盛世景象。

安內以後就準備攘外，而欲北伐得先剷平後患，於是先平服南中（雲貴地區），七擒七縱蠻人領袖孟獲，不但收服南蠻人心，並且增加了北伐兵源。

諸葛亮北伐「六出祁山」，第一次出師時向劉禪上〈（前）出師表〉，裡面有二個重點：一、推薦一批「志慮忠純」之士，心中已有最壞打算，萬一自己回不來，希望皇帝「親賢臣，遠小人」；二、提醒皇帝「宮中府中俱為一體」，顯示皇帝身邊已經有一幫人圍繞，而且會講小話，排斥「丞相人馬」，「宮府關係」（皇宮與丞相府）仍待細膩處理。

諸葛亮為什麼要在出師之前，連番向劉阿斗「嘮叨」這些？實在是因為他深知蜀漢帝國的最大弱點就在於派系山頭複雜，使他有後顧之憂。

三國當中，孫吳的文臣武將都是孫堅、孫策和孫權父子兄弟的嫡系人馬，組成最為單純，向心力也最強；曹魏的人馬是曹操掃平北方群雄，大力兼併而組成，可是曹操的權術手腕高明，加以剷除異己毫不手軟，所以不大有統治上的問題。

可是蜀漢是劉備一路且戰且走「撿到籃子就是菜」所組成，元老派有「荊州幫」、「西涼幫」（馬超）、「益州幫」（原劉璋人馬），等到劉備駕崩，劉阿斗繼位，元老凋謝鬥不動了，阿斗身邊又出現一批「皇帝人馬」，總想要向丞相府奪權。如此複雜的局面，諸葛亮人在成都還鎮得住，可是他帶兵遠征，就難免令他掛心，六出祈山都不成功，這也是原因之一。

諸葛亮的對手是魏國的司馬懿，他的軍事才能或許不如諸葛亮，可是城府極深，耐力超強，加上運氣極好。而諸葛亮從四川仰攻隴西，補給線既長又難走（蜀道難，難於上青天），多次都因後援不繼而撤退。

幾次出師不利，「宮中派」自然不放過打擊他聲望的機會，諸葛亮只好再上〈（後）出師表〉，誓言「鞠躬盡瘁、死而後已」，才說服阿斗再准他出兵，可是仍然失敗。那一次，諸葛亮甚至不敢回成都（為了避小人為害），率領軍隊在漢中屯田。三年後他進行最後一次北伐，卻病死軍中。

在那個全憑實力的年代，諸葛亮當然有能力取代劉阿斗自己做皇帝，可是他不像曹丕篡奪王位，反而堅持「漢賊不兩立」一再北伐，終至「出師未捷身先死」，他堅守做臣子的忠誠原則，倒是後世的「英雄」們為他惋惜而「淚滿襟」！

萬古雲霄一羽毛

【詠懷古蹟】杜甫

諸葛大名垂宇宙，宗臣[1]遺像肅清高。
三分割據紆[2]籌策[3]，萬古雲霄一羽毛。
伯仲之間見伊呂，指揮若定失蕭曹。
運移漢祚終難復，志決身殲[4]軍務勞。

1 重臣、大臣。
2 繁雜。
3 指籌謀計畫。
4 以身殉職的意思。

這是杜甫又一首緬懷諸葛亮的詩，同時也有為諸葛亮的才能「重新定位」的用意，如果不瞭解這一層，讀這首詩的感覺將減色大半！

由於《三國演義》的神化，我們對諸葛亮的評價可說高到頂點，然而在正史《三國志》裡頭，諸葛亮被評為「理民之幹，優於將略」，意謂他的政治才能高於軍事才能，甚至還說「將略非其所長」。這跟我們的認識差距太大，為什麼會這樣？因為《三國志》是晉朝人陳壽寫的，而晉朝的始祖是司馬懿，陳壽貶抑諸葛亮顯然是「政治正確」的考量。

史書的嚴厲之處就在這裡，一字之貶嚴於斧鉞，然而，由於官方說法存在太多的政治考量，民間自然也會出現不平之論。晉朝張輔的《名士優劣論》比較諸葛亮與樂毅時就認為：「諸葛亮可以跟伊、呂相提並論，豈僅與樂毅為伍。」

諸葛亮本人一向自比管仲、樂毅，也就是只希望能輔佐君主稱霸為已足，但張輔卻認為他可以和伊尹（輔佐商湯）、呂尚（即姜太公，輔佐周武王）這兩位開國功臣相提並論。

而南北朝時北魏的崔浩卻又認為：「諸葛亮的才能還不及蕭何、曹參。」漢朝開國初期這二位「蕭規曹隨」的名相，當然功勞不能跟伊尹、呂尚相比。

於是我們瞭解「伯仲之間見伊呂，指揮若定失蕭曹」這二句的典故由來，而杜甫則在政治才能和軍事才能之外，對諸葛亮的品格清高做了高度推崇——因為他沒有取劉阿斗而代之，相對於同時代的曹丕、司馬炎，以及歷代篡位的權臣，其人品堪稱「萬古雲霄一羽毛」。

詩中「指揮若定」又另有典故：

楚漢相爭時，劉邦曾向項羽提出割地求和的請求，可是項羽不接受。劉邦就問陳平：「天下紛亂，何時才得平定？」

陳平回答：「項羽待人恭敬有禮，廉潔而有節操的人士都投向他，可是他對封爵賞地卻太吝惜，豪傑之士因而不願歸附；大王的作風則是傲慢而少禮節，所以廉潔之士不來歸附，不過大王封爵賞地卻很慷慨，所以一些貪利而無恥的人都來歸順。如果能夠去兩短、集兩長（也就是待人有禮又慷慨封賞），天下就可以指揮而定了（猶如指使、揮手般輕鬆）。」

劉邦聽進去這項建言，拿出黃金四萬兩，交給陳平去運用（國安密帳？），完全不過問進出情形，陳平就用這些黃金收買楚軍將領，而由於項羽出手不大方，陳平這一招頗具功效。

事實上，陳平本身就是他口中所謂「嗜利無恥」之徒，他在家鄉時，就傳出和嫂嫂通姦，先後投靠魏王、楚王，終於碰到劉邦這位出手大方的老闆，他既掌握四萬兩黃金可以自由運用，更私下接受漢軍將領的賄賂。

周勃、灌嬰等人向劉邦檢舉陳平，劉邦因而質問最初推薦陳平的魏無知，魏無知說：「我推薦的是陳平的才能，而陛下責問的是他的品行。如今軍情緊急，我推薦奇謀之士，只看他的計謀是否有利於國家而已，至於『盜嫂受金』這種事，又何必追究呢？」陳平向劉邦的獻策，其實不少於張良，可是多半是偏向「不可告人」的性質，包括前面「明月出天山」故事中的「秘計」——賄賂匈奴單于大閼氏在內，以致於歷史評價不高。「指揮若定失蕭曹」一句，用在陳平身上還更貼切——既提出「天下指揮即定」的計謀，又排名在蕭何、曹參之後。

金陵王氣黯然收

【西塞山懷古】

劉禹錫

王濬樓船下益州，金陵王氣黯然收。
千尋鐵鎖沉江底，一片**降旛**[1]出石頭。
人生幾回傷往事，山形依舊枕寒流。
從今四海為家日，**故壘**[2]蕭蕭蘆荻秋。

1 投降的旗幟。
2 指廢棄的堡壘

本詩前四句講的是晉朝滅孫吳的故事，也是三國時代的結束。

諸葛亮死，晉滅蜀漢，劉禪投降，成為吳獨力抗晉的局面。吳國仰仗的是大司馬陸抗鎮守荊州，和晉國的羊祜對峙，維持邊界安寧，可是陸抗後來病死，吳國頓失中流砥柱。

吳國當時的皇帝孫皓暴虐無道，又愛聽星相家的預言，說哪裡有「王氣」就遷都哪裡，兩次遷都造成政府元氣大傷。

有一次，報告上來說：「臨平湖（杭州西北）已經淤塞近百年，地方長老流傳：『此湖塞，天下亂；此湖開，天下平。』最近臨平湖對外水道突然開通，這是天下太平『青蓋入洛』（南方王氣進入洛陽）的祥瑞兆頭。」孫皓即刻找來一位會「望氣」的官員陳訓，要他解說，陳訓回答：「臣只會望氣，不懂水文學。」出宮後，陳訓告訴朋友：「青蓋入洛，只怕有君王投降的巨變，不是吉祥之兆。」

後來又有人呈獻一顆石頭，上面刻有「皇帝」二字，說是在臨平湖邊撿到的，孫皓愈發相信天命歸他，大喜，宣布大赦，更改年號為「天璽」。

然而，外在的形勢演變卻與「王氣」背道而馳，晉國已經據有長江上游，長江天險已不足恃，陸抗過世，中游更無強將抵擋，孫皓的酷刑（剝臉皮、挖眼睛）又使得上下離心。晉國決定大舉進攻，而益州刺史王濬已經在四川造船七年，就以他為水軍主力順長江而下，其他陸軍分五路出兵，以杜預為主攻部隊。

王濬造的樓船很大，甲板有一百二十步見方，每艘可載二千多人，甲板上還搭建木樓，四面開門，可以騎馬往來進去，由成都順江東下，勢如破竹。

吳國為了對付王濬的樓船，在長江水淺湍急險要之處，用鐵鎖橫截，又在江中布置一丈多長的鐵錐。王濬針對吳軍的防禦工事，製做超大木筏，派擅長泳技的兵士在大木筏上面先行，以排除水底鐵錐（古代掃雷艇？），又製做超大火炬，灌上麻油，綁在船前，遇到鐵鎖就點火燃燒，鐵鎖燒紅了硬度降低，樓船的重量加上長江水流的衝力，突破了鐵鎖防線，使得「千尋鐵鎖沉江底」。王濬的部隊終於「鼓噪入于石頭」（吳都建業築石頭城，因而石頭也成為南京的代稱之一），孫皓自縛投降。

臨平湖開通，的確是天下太平的預兆，只不過「天命」永遠不會歸向暴虐政權；「青蓋入洛」也確是王氣北上的預兆，只不過不是孫皓征服北方，而是投降到洛陽去當「歸命侯」。

孫皓到了洛陽，拜見晉武帝司馬炎，司馬炎對孫皓說：「我設這張椅子等你很久了。」孫皓回答：「我在南方也為陛下準備了一張椅子。」晉朝尚書僕射賈充（助晉篡魏的功臣，故事見前文「一寸相思一寸灰」）問孫皓：「聽說你在南方，挖人眼睛、剝人臉皮，這是什麼刑法？」孫皓說：「如果有做臣子的犯弒君、不忠之罪，就用這種刑罰。」賈充當場默然羞愧。

孫皓這個亡國暴君雖不足取，可是對比蜀國那位扶不起的劉阿斗，還多了一分傲氣。劉阿斗在歸降晉國之後，司馬昭曾經試探他「想不想念四川？」阿斗的回答竟是：「此間樂，不思蜀。」於是我們再為諸葛亮嗟嘆「出師未捷身先死」——碰到這樣子的老闆，幹部再能幹也沒有用！

三國時代至此結束，但是這次天下一統是「比爛」的結果——阿斗愚蠢、孫皓暴虐，便宜了奸詐篡位的司馬炎，也因此西晉國祚不久，已可預見。

洛陽女兒對門居

【洛陽女兒行】 王維

洛陽女兒對門居，纔**可**[1]容顏十五餘。
良人**玉勒**[2]乘**驄馬**[3]，侍女金盤膾鯉魚。
畫閣朱樓盡相望，紅桃綠柳垂簷向。
羅幃送上**七香車**[4]，寶扇迎面**九華帳**[5]。
狂夫富貴在青春，意氣驕奢劇季倫。
自憐碧玉親教舞，不惜珊瑚持與人。
春窗曙滅**九微火**[6]，九微片片飛花**璅**[7]。
戲罷曾無理曲時，妝成只是薰香坐。
城中相識盡繁華，日夜經過**趙李家**[8]。
誰憐越女顏如玉，貧賤江頭自浣紗。

1 恰好適當的意思。
2 馬頭絡銜以玉為飾。
3 指青白雜毛的馬。
4 以香木做的豪華車子。
5 華麗的帳子。
6 燈名。
7 細小，比喻花燈。
8 指漢成帝時趙飛燕、李平二女家。

這首詩描寫的是京城豪貴之家的女性，生活極盡奢華，對比京城以外的貧家女子，即使有西施之美貌（末二句就是寫西施，請閱本書前篇「朝為越溪女，暮作吳宮妃」）。

然而，女主角「洛陽女兒」卻有深意：

南北朝南梁武帝蕭衍（故事見「南朝四百八十寺」）有一首〈河中之水歌〉，講一位出生在洛陽、名叫莫愁的女子，原本是貧家女，十三歲學會織布，十四歲到野外採桑（家境不好，得幫忙生計），但是她「十五歲嫁做盧家婦」以後，夫家富裕，一下子榮華富貴全都來到。

可是莫愁的夫君被徵兵入伍，派到遼陽駐守，一去十餘載，莫愁守著萬貫家財和兒子，不忘記她貧賤時的日子，經常扶弱濟貧。在她鬱鬱而終以後，鄉人將她居住的地方「橫塘」改名為莫愁湖。王維用洛陽女兒的典故，是指京城富家女亦多如莫愁般，本為貧賤出身，但是沉醉在奢華富貴當中，卻未如莫愁般，念及窮苦大眾。

詩中「意氣驕奢劇季倫」、「不惜珊瑚持與人」二句，講的是西晉「石崇鬥富」的故事。

西晉是中國歷史上政治風氣最壞的一個朝代，最主要的原因是門閥世族掌握了政權，西晉甚至立法給予門閥特權，縱容他們攫取農民的土地，政府官員更是賄賂公行。在這種流行風氣之下，皇族、官僚、巨商、豪門於是競相比鬥財富。

舉二個「小」例子：晉武帝司馬炎的駙馬王濟家裡（亦即公主家裡），用人乳餵食小豬，然後蒸食，說是可以延年益壽、養顏美容；太傅何曾的家中，每天伙食費高達萬錢，還嫌菜色不夠好。

但是這些都比不上當時的首富石崇。石崇曾經擔任荊州刺史，任內公然劫掠商旅，所以不但家財無可數計，藏寶更多。卸任後到京城任職散騎賞詩（顧名思義是沒有職掌，只領薪水的官銜，唯一工作是陪皇帝吃喝玩樂），和皇帝的舅舅王愷展開「鬥富」。

王愷家吃完飯，用糖膏洗鍋，石崇家做飯就用白蠟當柴燒；王愷用紫色的絲綢做步障四十里，石崇就用錦緞做步障五十里；石崇家中用花椒粉塗飾牆壁（有色有香），王愷家中就用胭脂塗牆（色香更濃）。

時人評論認為王愷輸給了石崇，王愷很不服氣，晉武帝賜給王愷一株高約二尺的珊瑚樹，讓他向石崇誇耀。石崇看了，不發一言，卻揚起手中如意，一傢伙砸爛了那株珊瑚樹，王愷當然很生氣，石崇卻輕描淡寫的說：「別生氣，我馬上賠你一個。」吩咐僕人拿出家中庫藏的珊瑚樹，其中高達三、四尺的就有六、七株！

詩中「季倫」是石崇的字，「不惜珊瑚持與人」就是引用前述故事。

石崇後來捲入政爭，卻選錯了邊，落得個抄家的下場，當抄家的官吏到他家裡，石崇說：「奴輩利吾貨財爾！（因為看上我的財富才整我！）」負責抄家的官員回頂他一句：「若早知財物不祥，何不早早散去？」

這話聽來過癮，如此為富不仁者得此下場，實不足憐。

但是，這些財富又到了誰手中呢？反正，不會是貧苦大眾！

舊時王謝堂前燕，飛入尋常百姓家

【烏衣巷】劉禹錫

朱雀橋[1]邊野草花，
烏衣巷[2]口夕陽斜。
舊時王謝堂前燕，
飛入尋常百姓家。

1 六朝時都城南門外的橋。
2 東晉王導與謝安都住此巷，因弟子喜穿烏衣，故稱。

從東漢末年經三國到南北朝，戰爭不斷，政權更迭頻繁，只有一種人始終得勢，就是所謂的世家大族，堪稱「永遠的執政黨」。

世家大族的權力源頭來自知識的壟斷，在造紙術未發達之前，「學術」藏在竹簡木片上，有「藏書」的人家就壟斷了知識。名師巨儒各有「家學淵源」，學子也各有「師承門派」，於是形成了「學閥」，學而優則仕意味著學優者才得以為仕，於是由學閥門派造就累世公卿，最終形成「門閥」。

不是出身世家或大師之門的人想要出頭，往往得靠當世名家推薦，前面提到過孔融見李膺，李膺就是學閥，孔融就因李膺的讚賞而名重一時。另一個例子是曹操，曹操是宦官養子的孫子（記得陳琳寫他是「贅閹遺醜」嗎？），想要躋身高級知識分子社群，他就去拜訪許劭。許劭主持一個「月旦評」，每個月的初一那天，他會評論人物的「品級」（「月旦人物」即語出此典），曹操見許劭，許劭說他是「治世之能臣，亂世之奸雄」，從此曹操就有了「品牌」，而那兩句話也成為曹操的蓋棺論定評價，一直到今天（可見多厲害）！

世家大族的聲望與影響深入人心，不止能拉拔下門寒士，甚至在政權飄搖時刻，還能扶植領導中心——本詩提到的「王謝」就是東晉的兩大世族。

西晉「八王之亂」，中央朝廷政情不穩，南方的王氏家族領導人王導預見形勢將起大變化，就有心擁護甫上任的瑯琊王司馬睿，以求在大亂起時，能夠保住南方穩定，當然也為王室家族撐起了保護傘。

可是瑯琊王不但是皇室的庶出旁支，還傳說是王妃與王府小吏私通所生，所以聲望低落，到任一個多月，南方那些世家大族甚至不去拜見他。

王導和同族的揚州刺史王敦一同導演了一齣好戲，迎接瑯琊王到建康，儀仗隊伍「旌旗蔽日」，人群爭相前往觀看遊行，赫然見到侍立在瑯琊王左右的竟然是王導和王敦，這一來，江南望族才對瑯琊王刮目相看。

不久，匈奴攻陷洛陽（五胡亂華），瑯琊王司馬睿在建康登基（東晉元帝），王氏家族很多人都受到重用，當然，主持朝政的是王導、主管軍事的是王敦！

「王謝」王是王導，謝是謝安。

謝安和王導的作風截然相反，王導積極擁立晉元帝，主動爭取到政治權力，謝安則優游山水，每日與大書法家王羲之等人品茗清談，接到朝廷徵召出來做官，卻始終不忘歸隱東山，當了一個多月的官就掛印辭職了。可是，他愈是不熱衷權力，聲望卻愈高，文人（世家）間交相標榜，把他捧上了天。

於是當權的征西大將軍桓溫就力邀他出山（軍閥拉攏門閥，以求士人支持），謝安到了桓溫總部，桓溫親自出門迎接，兩人整整談了一天，送出門後，桓溫還得意的問左右：「你們可曾看到我有這樣的客人嗎？」（世家大族的影響一至於此。）而謝安再度出來做官，時人稱之為「東山再起」，所以，一個人失敗以後積極求勝叫做「捲土重來」；不忮不求而由在位者力邀復出，才用「東山再起」，兩者有此差異。

謝安的「經典之作」當然是淝水大戰那一幕。

前秦苻堅率領大軍南下，號稱「投鞭足以斷流」，也就是誇口用馬鞭可以填平長江天塹。想當然東晉朝野為之驚恐不安，而他們的期望就放在謝安身上。

謝安派他的姪子謝玄帶領八萬兵馬前往江北迎戰，另外派水軍五千在壽陽協同作戰——八萬五千人對上八十七萬人，十分之一的兵力，這場戰怎麼打？謝玄臨行向謝安請示戰略，謝安只淡淡的對他說：「我已有安排。」然後就不再吭聲了。

謝玄不得要領，硬著頭皮上前線，私下拜託老朋友張玄打聽謝安有什麼「安排」。張玄到了謝安府邸，謝安拉著他一同到郊區別墅，那裡已經聚集了很多朋友、幕僚（既是奉命陪伴，又為探聽消息而來），謝安拉著張玄下圍棋，張玄的棋力平常是高過謝安的，那一天心中發慌，臭棋連連，竟然輸給謝安。

結果，淝水一戰晉軍大勝，前秦兵被打得「風聲鶴唳，草木皆兵」，南北朝分治的局面自此奠定。捷報傳到之時，謝安正好也在家裡和客人下棋，謝安看完前線來的報告，隨手放在手邊床上，聲色不動繼續下棋。客人忍不住問：「戰事發展如何？」謝安手上拈著棋子，眼睛盯著棋盤，口中徐徐回答：「小輩們已經擊破敵人。」

客人歡喜出去散布好消息（接近權威人士，自成消息靈通人士，而消息靈通人士的價值就在此時充分展現），謝安由客廳轉回內宅時，跨過門檻不小心，折斷了木屐的齒，卻沒有發覺。（他的鎮定功夫一流，但也有按捺不住的時候。）

總之，王導和謝安都因為對國家有大功勞而擁有政治權力，他們的家族也享有榮華富貴。南朝自東晉到以後的宋齊梁陳，每次政權轉移（篡奪）都有王、謝兩家族的人士在場「奉璽」、「授璽」，也就是為新政權背書，所以能夠長保家族的既得利益。

一直到隋文帝統一全國，結束南北朝，廢掉「九品中正」的政治舉才制度，下品寒門的人才便有比較好的機會進入政府，而王謝等世族貴冑子孫，只好「飛入尋常百姓家」了。

南朝四百八十寺，多少樓臺煙雨中

【江南春】杜牧

千里鶯啼綠映紅，
水村山郭[1]酒旗風。
南朝四百八十寺，
多少樓臺煙雨中。

1外城，城牆外再築一道牆。

詩人筆下的江南春景真是豐富多彩，而「南朝四百八十寺」一句，簡簡單單七個字道盡當年的社會繁榮與佛教流行盛況，但末句「多少樓臺煙雨中」又不無感慨，這就得提到南梁開國皇帝梁武帝蕭衍了。

南北朝的南方四個王朝：宋、齊、梁、陳，由於外患與內亂頻仍，基本上是相當不安定的年代，中間只有一段時期稱得上「盛世」，就是蕭衍在位的梁朝。

蕭衍在中國歷史上的知名度不高，可是他有三個特點值得一說：一是他在位長達四十八年，這在開國君主而言是少有的（漢高祖劉邦十二年、唐高祖李淵九年、宋太祖趙匡胤十六年，明太祖朱元璋在位三十年算久的了，仍遠不及蕭衍）；二是他在一個大分裂的戰亂時代裡，建立了一個太平盛世，文學及藝術在那段時間燦爛發光；三是他篤信佛教，因而才有「南朝四百八十寺」，但也因此使得他一手建立的王朝「及身而亡」。

蕭衍的南梁政權是取代南齊而來，南齊皇帝蕭寶卷縱欲暴虐且沈溺女色，他寵愛一位潘妃，用黃金打造蓮花鋪在地面，潘妃行走其上，皇帝稱之為「步步生蓮華」。（報章上曾報導，總統府也為呂秀蓮副總統鋪了蓮花圖案的地磚，果真如此，那一定是沒讀過這個成語的典故！）

蕭寶卷施政造成民怨，平西將軍陳顯達舉兵叛變，朝廷派蕭懿帶兵討伐。蕭懿平亂後，升官尚書令（宰相地位），可是不久之後，蕭寶卷就殺了蕭懿，蕭懿臨死前說：「我的弟弟帶兵駐守雍州（長江上游的襄陽），我深深為朝廷擔憂（老弟會為我報仇）。」

蕭懿的老弟正是蕭衍，消息傳來，蕭衍果然起兵東下，先聯合荊州的蕭寶融（蕭寶卷之弟），擁他為帝，攻下京城建康（南京）後，蕭寶融即位為南齊和帝。隔年，演出「禪讓」戲碼，政權和平轉移給蕭衍。

梁武帝蕭衍進行「大改革」，設置民眾陳情信箱（謗木、肺石），可以直接檢舉官吏和批評政策。梁武帝慎選清廉能幹的官吏，本身則私生活簡樸，吃長齋、一天只吃一餐，衣服洗了又洗，「絕房事三十餘年」，每天天未亮就起床辦公，冬天寒冷日子，手都凍傷了仍不停止批公文。就這樣，一位清心寡欲、勤政愛民的皇帝造就了一個吏治清明、施政順利、教育發達、民生安和的社會。

可是好日子只維持了二十多年，關鍵在「拼經濟」失敗。南梁原本通行銅錢，可是國內銅產量不足，梁武帝下令改用鐵錢，可是鐵的產量太多，百姓私鑄之風盛行，形成通貨膨脹，農村經濟受到重大打擊，失業人口湧向都市，農田荒廢，金融改革失敗造成經濟崩潰。

政策失敗卻不能立即調整，通常是二種原因：一是執迷不悟，聞過則怒；一是心有旁騖，視而不見。以蕭衍的個性作風，前者不應該是理由，後者就很明確——他迷上了佛教，甚至可說是走火入魔。

這裡談一下佛教在中國的流傳。

漢武帝派張騫通西域，出使大夏，開始聽說「天竺（印度）有浮屠之教」。東漢明帝做夢見到金人「頂有白光」，詢問群臣，有人回奏說是「佛」，於是明帝派蔡愔出使天竺，帶回佛經四十二章（金庸武俠小說《鹿鼎記》裡的「四十二章經」）及釋迦立像，蔡愔當時以白馬載著經書回中國，東漢明帝為此在洛陽建立「白馬寺」，自此佛教傳入中國。

自東漢末年到三國、晉、南北朝，群雄割據，戰事不斷，人民痛苦不得解脫，因而期待來生，佛教的輪迴、果報思想乃大行其道，一直到唐朝，終於成為主流宗教，僧侶甚至享有免徭役的特權。

梁武帝篤信佛教，不但每天到佛寺主持法會，還親自上法座講經，甚至三次「捨身」。皇帝出家當和尚，身體屬於佛了，當然不問朝政，而朝臣必須籌出一大筆經費向佛寺「贖回」皇帝回來主持國政。這樣子的朝政，怎麼搞得好？

終於，一位北方政權投奔南朝的降將侯景起兵攻向建康，起初兵力只有一千多人，蕭衍聽說一千多人的軍隊來犯，毫不放在眼裡，說：「那能有什麼作用？我折一枝柳條鞭打他。」

孰料，民生凋敝、人心思亂，南梁的軍隊更因承平日久，荒廢了訓練，根本不堪一擊，侯景叛軍邊打邊收容無業游民和投降的政府軍，打到建康時已有十萬之眾。

侯景打進宮城時，蕭衍口中還喃喃自語：「自我得之，自我失之，亦復何恨！」侯景並沒有殺蕭衍，因為自忖尚不得人心，蕭衍被軟禁卻不自殺，原因是他篤信佛教「自殺者不復人身」的六道輪迴之說。但是他的侍從人員卻一個一個溜走，最後他「口苦」想要吃一點蜜，卻沒有人幫他拿蜜，在無人照料的情況下餓死在宮城裡。

一手建立的王朝，在自己手中失去，蕭衍可以毫無遺憾，可是廣大老百姓由繁榮盛世墜入戰亂深淵，老百姓又何辜？

六朝金粉留下四百八十寺的文化遺跡，可是後人憑弔之餘，也只能慨歎那太平盛世留下的樓臺，淪於煙雨之中了。

商女不知亡國恨

【泊秦淮】杜牧

煙**籠**[1]寒水月籠沙，
夜泊**秦淮**[2]近酒家。
商女[3]不知亡國恨，
隔江猶唱後庭花。

1 籠罩。
2 秦淮河。
3 指賣唱的歌女。

我們常引用「商女不知亡國恨」來諷刺苟安心態，其實杜牧本詩有為歌伎開脫之意，其實，該負起亡國之責的是作亡國之音的人，而非唱的人。本詩關鍵就在「後庭花」的典故。

南朝最後一位皇帝陳後主陳叔寶頗有文學與藝術天分，卻不喜歡搭理政事，可以說是生錯了地方，於是免不了亡國命運。

陳叔寶寵愛貴妃張麗華，這位美女出身低微，可是天生麗質，「髮長七尺，其光可鑑（可以拿來當鏡子）」，尤其當她回眸一笑時，「光采溢目，照映左右」（倘若生在今日，擔任洗髮乳的廣告代言人，肯定勝過麗芙泰勒）。為了她，陳後主的後宮成立了一千多人的歌詠班，當時最流行的曲子就是〈玉樹後庭花〉。

因為沉迷在音樂、醇酒與美人當中，陳叔寶根本不上朝，公事送進宮內，張貴妃坐在皇帝膝上「共決之」。這樣子搞法，國家不搞垮也難，偏偏陳叔寶還有本事集南方歷朝「亡國行為」之大成。

隋文帝楊堅統一北方之後，派大軍南下討伐陳國，文武百官共議對策，卻各說各話沒有結論，陳叔寶神態從容對侍臣說：「以前北方政權來犯無不敗回，你們知道為什麼嗎？因為王氣在此。」這是孫皓的亡國模式。

還真巧，臨平湖的水路又忽然通了，陳叔寶將自己賣給佛寺為奴僕，又在建康建造大皇寺，起七級浮屠，卻發生工地火災，燒個精光。這是孫皓的預兆加上蕭衍的亡國模式。

這一回「金陵王氣」收得比晉滅吳還快，當隋兵進入建康，城內文武百官都逃走，只剩宰相袁憲還留在皇帝身邊，袁憲建議陳叔寶效法蕭衍接見侯景的作法，至少維持住顏面，可是陳叔寶卻帶著十餘位宮女逃到宮後投井——不是自殺，是以為可以逃避得了。隋兵進宮，對著井口呼叫，沒聽見回應聲音，就準備投石入井，這下子陳叔寶叫出聲來，於是一副狼狽相被俘。

陳後主在隋朝仍落得一個三品散官，工作是陪皇帝出遊時賦詩助興（適才適所），每天和侍從人員要消費一石酒，最終醉死異鄉。

故事還沒完，隋文帝逝世，隋煬帝楊廣繼位，開大運河，乘龍舟南遊，到了江都（楊州），每天醉生夢死。有一次，恍惚之間夢見了陳後主，陳後主領著數十位歌舞女郎為隋煬帝表演〈玉樹後庭花〉，陳叔寶問楊廣：「龍舟之遊可快樂嗎？我從前還以為你的施政將在堯舜之上哩，今天你居然跟我一樣作風，那以前你責罵我什麼？」隋煬帝最後因兵變死在江都。

一曲後庭花，兩個亡國之君，杜牧不是要批評歌伎，而是感慨因逸樂而亡國，且不記取歷史的教訓。

同一個典故，李商隱〈隋宮〉說得更直接：

紫泉宮殿鎖煙霞，欲取蕪城作帝家。
玉璽不緣歸日角，錦帆應是到天涯。
於今腐草無螢火，終古垂楊有暮鴉。
地下若逢陳後主，豈宜重問後庭花。

「腐草生螢」是古人觀察自然所得（在當時仍算是「科學」），隋煬帝南遊江都時，派人四處徵求螢火蟲，收集了好幾大箱，夜間出遊時放出，光照岩谷。

隋煬帝的奢靡超過了陳後主，自己也身死國亡，詩人看到的是揚州的宮殿「鎖煙霞」、當年的錦帆「在天涯」、腐草不再生螢火、大運河兩岸的垂楊只見「暮鴉」。

同樣是亡國之君，楊廣有什麼資格質問陳叔寶？

雲想衣裳花想容

西出陽關無故人

【送元二使安西】

王維

渭城[1]朝雨[2]浥[3]輕塵，
客舍青青柳色新。
勸君更盡一杯酒，
西出陽關無故人。

1 指秦都咸陽城。
2 早晨的雨。
3 濕潤。

這是流傳甚廣的一首送別詩，這位「元老二」要去安西，安西在新疆，就是東漢時的龜茲（參考「春風不渡玉門關」班超故事），隋唐時為高昌國，唐太宗討平高昌，設置安西都護府，成為唐朝疆域。

可是，為什麼奉派去安西，送別詩中卻帶有哀傷，彷彿這一去就回不來了似的？且看以下這個故事。

唐太宗時，高昌王麴文泰到長安入朝，西域諸國都想派出使節，搭麴文泰的「便車」，一同向唐帝國示好。太宗想要派出使節去迎接各國使節，魏徵進諫：「麴文泰來朝已經花費國家很多資源，如果再來十國使節團，人數將不下千人，邊區老百姓為了送往迎來，必定耗費人力物力，不如只允許商賈往來，與邊疆居民開市貿易，可以繁榮邊區，又不消耗國力。」唐太宗接受了他的意見。

然而，唐與高昌的友誼並未能維持多久。焉耆（也在新疆）國王突騎支遣使入貢，請求開放沙漠封鎖，不繞道高昌，唐太宗同意了，卻引起鞠文泰不滿，派兵攻打焉耆，大肆劫掠。

麴文泰為何如此反應？因為隋唐時突厥為患，所以封鎖沙漠是為了軍事考量，而西域諸國商旅就得借道高昌，顯然高昌從中得到很大利益，一旦失去利益，就使出搶劫手段，並且藉此嚇阻其他國家效法。

經過這個事件，高昌轉向與西突厥結盟，更阻斷了西域各國對唐朝貢，唐太宗派使節去責問高昌，麴文泰對使節說：「老鷹飛在天上，雉雞伏於草叢；貓穿梭在屋內，鼠生活在壁穴。萬物各得其所，各有自己的天地。」意謂高昌不必臣服於唐，猶如雉、鼠不必任鷹、貓宰割。（其實這話也沒錯，唐帝國既不能保障藩屬國的利益，藩屬國又為何要稱臣納貢？）

唐太宗派侯君集為行軍大總管討伐高昌，麴文泰得到消息，對國人心戰喊話：「唐帝國距離我們七千里，中間有二千里沙漠，沿途水草不生，寒風如刀，熱風如燒，大軍怎麼可能順利前來？糧草運輸肯定接濟不上。如果來的部隊在三萬以下，我們的力量足以抵抗得住，以逸待勞等他累垮，不超過二十天，糧食吃完必定撤退，然後我們可以追擊且俘虜他們，不必擔心。」可是等到侯君集大軍渡過沙漠，麴文泰這才擔憂、恐懼，不曉得該怎麼辦才好，發急病而死。

麴文泰的兒子麴智盛繼位，死守高昌城，可是西突厥的援兵害怕唐軍而遠走（依附大國卻被「放鴿子」），麴智盛開城投降。唐太宗想要將高昌做為唐朝的一個州縣，魏徵再上諫言：「罪過止於麴文泰就可以了，建議安撫其百姓，恢復其國家，讓他的兒子繼續當國王，這樣可以號召西域各國心悅誠服。如果設置州縣，就得派遣官吏、駐守軍隊，每隔幾年輪調一次，往來沙漠十人要死三、四人，運送物資既不便，人員又遠離家庭、親友，而國家卻得不到高昌一撮粟、一尺帛，我實在看不出這中間有任何利益。」可是唐太宗不聽，在高昌設安西都護府，管轄西州、庭州，二州之下再設縣，派軍隊駐守。

「元老二」要去安西，意味著他得渡過沙漠，有三、四成機會喪命。「陽關」位於玉門關南方，想當年班超生前唯一願望就是活著進入玉門關，元二哥要被派去安西，王維能不為他哀傷嗎？

雲想衣裳花想容

【清平調三首】 李白

雲想衣裳花想容，春風拂**檻**[1]露華濃。
若非**群玉山**[2]頭見，會向**瑤臺**[3]月下逢。
一枝**紅艷**[4]露凝香，雲雨巫山枉斷腸。
借問漢宮誰得似，**可憐**[5]飛燕倚新妝。
名花**傾國**[6]兩相歡，常得君王帶笑看。
解釋[7]春風無限恨，**沉香亭**[8]北倚闌干。

1 指有格子的窗戶。
2 仙山，傳為西王母的居住地。
3 神仙住的地方。
4 芍藥花，比喻貴妃的艷麗。
5 可愛的意思。
6 絕色的女子。
7 消除的意思。
8 玄宗與貴妃賞花之亭。

「雲雨巫山」與趙飛燕的故事，請參考本書前述，這三首詩本身就有一段故事。

唐玄宗聽說李白的才華，召他入京，親自接見，派他做翰林，並不時召進宮中做詩。

李白個性不受拘束，又愛喝酒（記得「一日須傾三百杯」嗎？），喝了酒之後，文采益見飛揚。唐玄宗知道他這個嗜好，經常賜酒給他，李白也老實不客氣就喝，喝醉了自然有酒態，甚至有一次居然讓楊貴妃為他捧硯臺，還叫當紅太監高力士為他脫靴。高力士儘管當紅，可是他的影響力來自唐玄宗和楊貴妃的寵愛（宦官一旦失寵，屁也不是），而皇帝和貴妃此刻寵愛的是李白，為了不掃主子的興，高力士只好為李白脫靴，引為奇恥大辱。

有一天，玄宗和楊貴妃在宮中賞牡丹花，興起，召來李白，命他寫樂章，李白奉詔，作出這三首〈清平調〉，由花寫到人、由塵世寫到仙境（瑤台）、由巫山神女寫到趙飛燕，文氣縱橫無阻卻又相互勾帶。楊貴妃很喜歡這三首詞，因為詩句有「趙飛燕還得倚仗化妝，不及自己花容月貌」的意思，所以時常吟哦。（燕瘦環肥誰擅勝場？在李白筆下，楊貴妃贏了一筆。）

高力士則因此詩，找到了報仇的切入點：他對楊貴妃進讒，說李白「以飛燕之瘦，譏貴妃之肥」，又「以飛燕之淫亂，刺楊妃之不檢」（更巧的是楊貴妃也住昭陽殿），於是惹惱了楊貴妃，以致唐玄宗幾次想任命李白官職，都被楊貴妃阻擋下來。

其實，以李白的個性作風，不給他官做是對的，而本詩文氣絲毫沒有譏諷意味，小人之言未必能得逞。事實上，這個故事也只見於文人筆記，套句現代語言，這是一則「八卦」。然而歷史的厲害就在這裡，流傳了一千多年的八卦，就成了「事實」——因為八卦只要沒有人出面否認，且大家都相信，那就是事實。

楊貴妃的故事，以白居易〈長恨歌〉描述最盡，但是詩文比較長，可是那又是初唐盛世轉為中唐衰世的關鍵時刻，值得一讀。因此，以下寫唐玄宗、楊貴妃與安史之亂，若非其他詩篇，只採用〈長恨歌〉的句子為引，而不錄全詩。

天生麗質難自棄

【長恨歌】白居易

天生麗質難自棄[1]，一朝選在君王側。
回眸[2]一笑百媚生，六宮粉黛無顏色。
春寒賜浴華清池，溫泉水滑洗凝脂[3]。
侍兒扶起嬌無力，始是新承恩澤時。（節錄）

1 指不容許辜負自己的美貌。
2 指轉動眸子。
3 形容肌膚的嫩白。

唐玄宗曾經領導初唐「開元之治」的盛世，可是英明皇帝在位久了，總難免因體力、腦力退化而昏庸。玄宗由英明轉昏庸的分水嶺是「開元」換「天寶」。天寶元年李林甫為相，專政攬權、朝政大壞，而玄宗則將國事完全託付李林甫，自己縱情聲色，享受人生。

玄宗原本有一位寵妃武惠妃，不幸去世，後宮數千沒有一個看得中意，經過高力士的尋訪，找到了玄宗自己的媳婦——壽王李瑁的王妃楊玉環，便為兒子另娶媳婦，封楊玉環為貴妃。楊貴妃身材豐滿，皮膚細膩白嫩，所以才有「凝脂」的形容，而唐代流行胖美人，胖是優點，不是缺點。

一人得道，雞犬升天。楊貴妃姊妹四人長得都很漂亮，三位姊姊分別都封了夫人：大姨韓國夫人、三姨虢國夫人、八姨秦國夫人。

張祜的〈集靈臺〉詩中如此描述：

虢國夫人承主恩，平明騎馬入宮門。
卻嫌脂粉汙顏色，淡掃蛾眉朝至尊。

三位夫人經常進入皇宮和貴妃妹妹相聚，其中「三姨」虢國夫人不喜歡化妝，經常「素面」朝見天子，而且還被授予特權可以在宮禁中騎馬，這項特權又為唐朝引進一個禍胎——楊國忠。

楊國忠本名楊釗，是楊貴妃姊妹的堂兄弟，不好好讀書，行為也不檢點，族人與鄉里都瞧不起他。楊釗在四川軍中服務，劍南節度使（相當四川軍區司令）章仇擔心被李林甫陷害，要他的幕僚鮮于仲通去長安幫他做公關，鮮于仲通推薦楊釗，章仇不惜工本採辦各種禮物給楊釗帶去長安。楊釗勤於走動幾位堂姊妹家中，致送饋贈不絕，於是楊家四姊妹天天在玄宗面前稱讚章仇，並且推薦楊釗「善樗蒲」（擅長賭博遊戲），因此得以隨虢國夫人「騎馬入宮門」，賜名國忠，先派了禁宮職務，後來升京兆尹再升宰相，於是乎「姊妹弟兄皆列土」，使得天下父母「不重生男重生女」（二句皆出自〈長恨歌〉）。

杜牧在〈過華清宮〉一詩中寫到：

長安回望繡成堆，山頂千門次第開。
一騎紅塵妃子笑，無人知是荔枝來。

劍南節度使開了例，各地方官員看樣學樣，紛紛送禮物到長安討好楊貴妃。楊貴妃愛吃荔枝，嶺南經略使張九章每年派快馬馳驛進貢，新鮮荔枝送到京城，色味不變——張九章加官三品。

楊貴妃愈受寵愛，楊國忠權勢愈大，當時朝廷大權幾乎都掌握在宰相李林甫手中，唐玄宗年紀大了，沉醉在楊貴妃「回眸一笑百媚生」的魅力當中。楊國忠起初還依附李林甫，可是因為有楊貴妃姊妹的「內應」，逐漸有力量和李林甫分庭抗禮。

剛好南詔（雲南）入侵四川，而楊國忠當時以京兆尹遙領四川節度使，李林甫就奏請派楊國忠「上任」，以鎮守四川。楊國忠臨行，跪在玄宗跟前泣訴，說他一定會被李林甫所害，楊貴妃也幫他說話，因此，楊國忠只到成都「蜻蜓點水」一下，就被召還長安。

至此，李林甫知自己落在下風，而當時李林甫已擔任宰相十九年，樹敵甚多，再加上自己病重，於是轉變姿態向楊國忠「求饒」：希望楊國忠能照顧他的後人。

不久，李林甫病死，楊國忠在他尚未下葬時就發動鬥爭，誣告李林甫勾結外藩謀反，這項行動的目的在清除李林甫餘黨，卻因而引起了藩將安祿山（平盧、范陽二鎮節度使，相當今日北京軍區司令）的疑慮，激出了安史之亂。

漁陽鼙鼓動地來，驚破霓裳羽衣曲

【長恨歌】白居易

漁陽鼙鼓[1]動地來，
驚破霓裳羽衣曲[2]。
九重城闕[3]煙塵生[4]，
千乘萬騎西南行。（節錄）

1 戰鼓。
2 樂曲名。
3 指皇城。
4 戰亂起，到處是煙火塵土。

安祿山是蕃將，唐朝由於皇室就有突厥血統，李淵的獨孤皇后、李世民的長孫皇后都是胡人姓氏，所以用了很多蕃將。

李林甫拉攏安祿山，安祿山到長安晉見唐玄宗，向皇帝報告：「去年秋天，轄區內發生蟲害啃食麥苗，臣向上天祝禱：如果是因為我不忠不正而發生蟲害，就讓蟲子啃食我的心；如果我的作為不負神祇，就請上天解除蟲害。結果有一群烏鴉從北方飛來，吃光了害蟲。」玄宗居然就信了這一套，還命令史官將這件事情記錄下來。

安祿山的馬屁功夫不止於此，他身材肥胖，有一次玄宗開他玩笑，指著他的大肚皮問：「這個胡人的肚子裡裝了什麼東西？怎麼這麼大？」安祿山說：「別的沒有，只有赤心而已。」玄宗喜歡那張甜嘴，允許他出入宮禁，安祿山更拜楊貴妃為乾媽。有一次，玄宗和貴妃同在，安祿山進宮，先拜貴妃，後拜皇帝。皇帝問他怎麼這樣？他答道：「胡人的禮儀是先母後父。」這分明是馬屁精，可是玄宗仍聞言大悅。（真是個老糊塗皇帝。）

雖然安祿山懂得拍楊貴妃馬屁，可是他瞧不起楊國忠。以前李林甫專權，至少權術一流，安祿山還頗為畏服，等到李林甫垮台，楊國忠當權，安祿山漸漸不受節制，楊國忠就向玄宗報告：「安祿山一定會造反。」並且重用另一位蕃將，安祿山的對頭——哥舒翰。

哥舒翰在唐朝對吐蕃的戰爭中著有威名，吐蕃王國是今天的西藏，唐初入寇青海襲擊吐谷渾，薛仁貴征西就是幫助吐谷渾恢復失地，後來吐、中再起戰事，哥舒翰屢次痛擊吐蕃軍，所向披靡，西方人民做〈哥舒歌〉稱頌他：「北斗七星高，哥舒夜帶刀，至今窺牧馬，不敢過臨洮。」

楊國忠一再說安祿山要造反，安祿山擔心被陷害，就積極練兵屯糧，並且將轄下的漢人將領全部換成蕃將。楊國忠再設計要安祿山回京當宰相，換別人去當節度使，這一招明升暗削（兵權）雖未實現，但是雙方持續性的相互加壓，終於逼反了安祿山——名義是討伐楊國忠「清君側」。

安祿山大軍所過之州縣，望風披靡，可是楊國忠卻向唐玄宗報告：「只有安祿山想造反，將士都不支持他，過不了十天，一定會有人頭送到。」皇帝點頭嘉許，群臣卻相顧失色。

前線不利戰報不斷傳來，關中最後一道險要潼關也即將不保，朝廷徵召哥舒翰出征，哥舒翰當時臥病在床，仍勉強入朝，拜為天下兵馬副元帥（大元帥是皇帝），領兵號稱二十萬（實際只有八萬）去到潼關。可是他實在病得太重，軍政大事交付田良丘，田良丘不是個能扛重擔的人，將騎兵交付王思禮，步兵交付李承光，王李二人又互爭長短，軍令不能統一，軍心懈弛而無鬥志。

這時安祿山已經自稱「大燕皇帝」，叛軍與政府軍對峙在潼關，安祿山一度因戰況膠著想要撤回范陽。而潼關守軍要求哥舒翰向朝廷請命殺楊國忠，哥舒翰雖不同意，可是楊國忠怕了，進讒說「哥舒翰頓兵不出戰，貽誤戎機」。玄宗派出宦官催促哥舒翰開關出兵，命令一道接著一道，哥舒翰頂不住壓力，抱著胸口慟哭，引兵出關，結果中了伏兵之計，大敗，自己被俘，投降安祿山，後來仍被殺。

潼關失守，叛軍長驅直入，眼看就要打進長安，楊國忠就建議玄宗入蜀避難。皇帝離京「千乘萬騎西南行」，王公士民各自逃生，小老百姓爭相入宮搶奪貴重物品——還放火燒了皇家倉庫「九重城闕煙塵生」。

宛轉蛾眉馬前死

【長恨歌】
白居易

六軍不發無奈何，**宛轉**[1]蛾眉馬前死。
花鈿委地[2]無人收，**翠翹金雀玉搔頭**[3]。
君王掩面救不得，回看血淚相和流。（節錄）

1 楊貴妃臨死掙扎的樣子。
2 首飾掉在地上。
3 釵與玉簪，婦女的首飾。

楊國忠慫恿唐玄宗放棄長安逃往四川，出城過一座便橋，楊國忠派人焚燒便橋，玄宗說：「官民各自逃生，為何要斷他們逃生之路？」留下高力士監督滅火。玄宗派宦官王洛卿通知前頭的郡縣安排住處與飲食，結果王洛卿和沿途縣官都逃走，只好一路向老百姓討東西吃。走到馬嵬驛，隨行將士既累又餓，怒火上湧，想殺楊國忠。

恰巧有一團吐蕃使者二十餘人，攔住楊國忠的馬，抱怨沒東西吃，楊國忠還來不及回答，軍士鼓噪：「楊國忠與胡虜謀反。」用箭射他，中馬鞍，楊國忠下馬奔逃，被追殺分屍，腦袋用槍尖挑起插在驛站門外，楊國忠的兒子和韓國夫人、秦國夫人都被殺。

軍士圍住驛站喧嘩鼓噪，玄宗問：「外面發生什麼事？」左右侍者回答說：「楊國忠謀反。」玄宗親自出外安撫軍士，請他們歸隊，軍士不理，再派高力士與將領溝通，將領認為「只有殺楊貴妃才能平息眾怒」。

玄宗聞言表示：「朕自己會處理。」回轉進門，抬頭發呆許久（不忍殺楊貴妃，卻又不能不殺，無法決定，只能發呆），一位近臣向前對皇帝說：「如今眾怒難犯，安危只在頃刻之間，請陛下速決。」叩頭叩得血流滿面。玄宗說：「貴妃久居深宮，豈可能與楊國忠共謀？」高力士說：「貴妃當然無罪，可是將士已經殺了楊國忠，而貴妃仍在陛下左右，他們怎麼心安（怕的是秋後算帳）？請陛下仔細想清楚，只有將士安心，陛下才得安全。」

玄宗只好同意，由高力士帶楊貴妃到驛站的佛堂，一代佳人就在那荒郊野外的佛堂裡香消玉殞。然後請將領代表進佛堂「驗明正身」，將領們這才脫下甲冑向皇帝下跪謝罪，山呼萬歲後，結束了這一場兵變，玄宗入蜀避難。

隔年，太子在靈武即位（唐肅宗），號召各地軍隊反攻，安祿山死，京城收復，唐玄宗從四川回長安，經過馬嵬驛，派人祭拜楊貴妃，並想要將她改葬。有一位大臣提醒皇上：「切莫讓軍心疑懼。」玄宗才斷了這個念頭，正是〈長恨歌〉的詩句：

天旋日轉迴龍馭，到此躊躇不能去。
馬嵬坡下泥土中，不見玉顏空死處。

至於《太真外傳》記載，唐玄宗與楊貴妃在海上仙山會面，那是小說，不是歷史，這裡就不提了。

欲祭疑君在，天涯哭此時

【沒蕃故人】張籍

前年戍月支[1][2]，城下沒全師。
蕃漢斷消息，死生長別離。
無人收廢帳，歸馬識殘旗。
欲祭疑君在，天涯哭此時。

1 一作「伐」。
2 古西域國名。

這首詩是為「悼念」淪陷在吐蕃入侵地區的朋友而作，但因為消息只知「全軍覆沒」，所以「欲祭疑君在」，心情猶如空難或大地震的「失蹤者」家屬——生還的希望渺茫，但是還不願完全放棄。

時代背景是中唐吐蕃入侵。翻開唐代與吐蕃之間的戰爭史，不禁令人嗟嘆，都是一些好大喜功，自作聰明的政客與軍人，造成戰士與平民的白白犧牲！

吐蕃就是現在的西藏，唐太宗貞觀年間，吐蕃贊普（國王）棄宗弄贊遣使入貢，並且希望和突厥（新疆）、吐谷渾（青海）同等待遇，能夠迎娶唐朝的公主。

然而，吐谷渾和吐蕃是世仇，吐谷渾先和唐朝建交，不希望唐朝和吐蕃建立較深關係，因此居間破壞這件事情。棄宗弄贊知道以後，發兵攻擊吐谷渾，吐谷渾敗退到青海（羅布泊）以北，棄宗弄贊於是陳兵二十餘萬在邊境，放話要「迎接公主」。唐朝派侯君集領軍出擊，打敗吐蕃軍之後，答應將文成公主（皇室女，但非太宗女兒）許配給棄宗弄贊。

這一段歷史告訴我們：外交靠實力，但開戰永遠是最後選擇。事實證明，文成公主一個人的影響力，超過千軍萬馬，吐蕃從此和中國結緣，皇室子弟也到長安留學，中國文化於是進入西藏。

之後的唐朝和吐蕃關係，大致上在「入侵—戰爭—請和—和親」的軸線上進行，由於盛唐的國力強大而有大國風範，基本上兩國關係尚稱平穩。

唐玄宗時，河西節度使崔希逸派使者對吐蕃邊境守將乞力徐表示：「貴我雙方目前關係良好，那何必還要布置重兵？既消耗力量，又妨害人民耕牧，不如我倆都從邊境撤防如何？」乞力徐最初不敢答應，經過崔希逸一再請求，於是雙方殺白狗訂下盟約，各自撤防。

吐蕃既在東方和唐朝締盟，乃向西方發展，攻擊勃律（新疆），勃律當時屬安西都護府「保護」，便向唐朝告急，唐玄宗「下詔」吐蕃停戰，吐蕃不理。就在玄宗為此生氣之時，崔希逸上奏：「吐蕃邊界不設防，請准許出兵襲擊。」玄宗派趙惠琮去邊界審察實情，趙惠琮發現吐蕃果然不設邊防，就假傳聖旨下令崔希逸出兵，自涼州向南深入二千餘里，直到青海西濱，痛擊吐蕃軍，斬首二千餘。趙惠琮和崔希逸都受到封賞，但是吐蕃從此不再和唐朝往來——一個見獵心喜的政客、一個背信棄盟的軍人，為國家帶來二百年邊患。

到了唐代宗時，國力漸衰，藩鎮相互攻伐造成嚴重內耗，吐蕃於是趁虛而入，有一次甚至打進長安，代宗逃到陝西，吐蕃軍還建立了一個傀儡政權，後來全靠郭子儀收復京城，迎回皇帝。

再到唐德宗時，唐朝中央政府倒過來向吐蕃求援，以對付叛變的軍閥朱泚，答應「成功之後將安西、北庭割給吐蕃」，但是事成之後又反悔。這一次，吐蕃不但正式與唐朝翻臉，並且每年一定入侵，每次都「大掠而去」，唐朝派出的屯駐軍隊經常「全軍覆沒」，張籍正是處於那個時代。

至於首句「前年戍月支」，月支就是月氏，漢朝時西域一國，位在今甘肅西部，唐朝時正是河西節度使轄區（崔希逸種下的禍根）。盛唐詩人以漢喻唐「漢家西出師」，何等意氣風發。到了中唐以後，仍然以漢喻唐，但卻已成「無人收廢帳，歸馬識殘旗」的悽涼場面。

前度劉郎今又來

【戲贈看花諸君子】

劉禹錫

紫陌[1]紅塵[2]拂面來，
無人不道看花回。
玄都觀[3]裡桃千樹，
盡是劉郎去後栽。

1 指京城長安的道路。
2 鬧市中的飛塵，形容繁華。
3 是當時長安城中最大的道教廟宇。

【再遊玄都觀】

劉禹錫

百畝中庭半是苔，
桃花靜盡菜花開。
種桃道士歸何處？
前度劉郎今又來。

這兩首七言絕句當中並未引用歷史典故，可是一前一後兩首詩卻「藏」了唐代朝廷中央二次重大黨爭，劉禹錫只是這兩次黨爭中一個不重要的角色，而且是黨爭狂瀾中的一個犧牲品而已。

唐德宗李適晚年，有心人士開始向太子李誦靠攏，其中一位王叔文，下得一手好圍棋，經常出入東宮（太子宮），侍候太子玩樂。

王叔文除了下棋，更喜歡賣弄學問，多次在李誦面前展現他的「治國長才」，李誦很器重他。於是王叔文有事沒事就向太子推薦未來的「影子政府」：某人可以當宰相，某人可以為大將，同時秘密結交一些當時屬於「非主流」的文人，其中就包括了劉禹錫和「唐宋八大家」之一的柳宗元，劉、柳當時官職是監察御史。

德宗駕崩，李誦繼位為唐順宗，王叔文開始弄權。當時的模式是：王叔文在翰林院擬訂政策計畫，由另一位弄臣王伾送進柿林院（皇帝寢宮庭院）拍板定案。外面進來的奏章則一律先交翰林院轉呈，王叔文添註意見後，以皇帝名義送中書省，交給宰相執行。而宮外則有韓泰、柳宗元、劉禹錫等文人負責製造輿論，以收唱和之效。

這一群初嘗權力滋味的新貴，互相標榜、唱和呼應，你說我是伊尹，我說他是周公，每個人的才能都跟管仲、諸葛亮一樣，有著匡贊聖王的韜略。而政府人事更掌握在他們手中，王叔文和他的黨羽十餘人的家門，日夜車水馬龍，跟市場一樣熱鬧，等候王叔文接見的趨炎附勢之徒，有時一連幾天都排不到，又不敢回去，晚上只好寄住鄰近商店的廚房裡，借宿費用一晚千錢。

王叔文一黨為什麼能如此囂張？因為皇帝李誦一直患病，只有偶而被扶上金鑾殿，讓文武百官向他叩頭，沒有人在那個場合奏報國家大事，即使奏報也得不到皇帝任何回應。

德宗時當權的一干宦官聯合技術官僚系統，請求順宗冊立太子，王叔文起初還拒絕，後來抵擋不住，於是立廣陵王李純為太子。文武百官看到太子儀表堂堂，私下互相道賀，一片歡欣，甚至有人感動得涕淚縱橫。只有王叔文神色憂慼，口中吟詠杜甫詩：「出師未捷身先死，長使英雄淚滿襟。」原來，馬屁聽多了，被拍的人真的以為自己是諸葛亮再世，眼看皇帝的壽命已如風中殘燭，自己的「功業」恐怕難以善終，於是有感而發。當然，聽到他口中吟哦的人，都忍不住失笑。

終於，噩運臨頭，王叔文的母親過世，他依照當時的法例回家守喪，而李誦又下詔（想必是「反王派」趁虛而入的傑作）：「國事交皇太子全權攝理」，之後退位當太上皇。李純繼位為唐憲宗，下令王叔文自殺，唐憲宗稱得上英明，並且開創了唐朝中葉的「元和中興」。

劉禹錫貶連州（廣東）刺史，後來再貶朗州（湖南）司馬，柳宗元先貶柳州（廣西）刺史，再貶永州（湖南）司馬。

王叔文或許真的是專橫擅權，但是當時也有許多負一時聲望的知識分子和他同黨，所以未必那麼的不學無術。事實上，那一次黨爭的本質是南方新興士族與北方衣冠舊族的一次利益矛盾鬥爭，這是題外話不談。總之，劉禹錫因為站在失敗的一方，所以被貶到邊陲地方，這一去，九年後才回到京師洛陽。

劉禹錫回到朝廷，當朝宰相張弘靖、韋貫之原本想要讓他在中央政府任官，沒想到他卻寫了那一首〈戲贈看花諸君子〉詩。那一句「盡是劉郎去後栽」的言下之意，有人事全非的味道，只因為劉禹錫過去曾風光一時，新當權派認為他仍無悔意，於是他又被派到外地。這一去更長達十四年，足跡到過四川、遼寧，真個是顛沛流離，再回到京城已經五十六歲，卻脾氣不改，又寫了第二首詩，「前度劉郎今又來」，雖然是對前次當權派下台後的發洩之語，可是「新新當權派」聽了仍不對味，他還是不受重用。

劉禹錫不在中央的十四年間，唐朝中央政府正是「牛李黨爭」最劇烈的一段期間。「牛」是牛僧孺，「李」是李德裕，兩黨水火不容，互相指對方是「小人」，己方是「君子」，而且纏鬥時間長達三十年。雙方又各自援引宦官為內應、藩鎮節度使為外援，這三十年中間，所有知識分子通通不能免於黨爭之外，不是同志就是敵人，清流根本沒有立足的空間。（這跟今日台灣的政壇是不是像極了？）

好在劉禹錫因為十四年在外，並未捲進黨爭，乃能和牛李雙方保持等距，可是也因個性問題落不得什麼好差使，刺史（州長）內調回朝只能幹個郎中，比早年的監察御史位階還不見高。

詩人以「桃花」、「菜花」引喻朋黨，以「種桃道士」引喻黨人，只不過「種菜道士」和「種桃道士」一樣，都容不得異己，更容不得有人出言譏誚。

江流曲似九迴腸

【登柳州城樓】

柳宗元

城上高樓接大荒，海天愁思正茫茫。
驚風亂颭[1]芙蓉水，密雨斜侵薜荔[2]牆。
嶺樹重遮千里目，江流曲似九迴腸。
共來百越[3]文身[4]地，猶自音書滯一鄉。

1 吹動的意思。
2 植物名，又稱木蓮。
3 古代的蠻夷之邦。
4 在皮膚上刺染圖案。

這是柳宗元貶為柳州刺史時，寫給同因王叔文黨禍遭貶謫的另外四位刺史：韓泰、韓曄、劉禹錫、陳謙，五人分別貶到廣西、福建、廣東。對這些曾經在繁華京師風雲一時的下臺當權派而言，邊陲地區的生活想必難過，所以嗟嘆淪身到「百越文身地」，而這一句又有其歷史典故。

周文王姬昌的父親名叫季歷，有兩個哥哥太伯、仲雍，他們的父親是周太王。由於季歷很賢能，而且有一個優秀的兒子，太王就想要立季歷為太子，以後可以傳位給姬昌。可是長幼有序，若立老三為太子，將太伯和仲雍置於何地？

太伯和仲雍深深體會父親的心意，兩兄弟商量之後，一同逃奔到荊蠻之地，並且在身上刺了紋彩，又剃掉頭髮，用以表示兩人已不能主持宗廟祭祀，讓季歷順利繼位，後來再傳位給周文王，開周朝八百年王業。

太伯兄弟到了南方，自號為「句吳」，當地蠻人（古時中原稱四方「野人」為：東夷、西戎、南蠻、北狄，吳在南方，故稱蠻人）歸順他的有一千多家，擁立他為吳太伯，成為春秋吳國的祖先。

吳國的首都姑蘇就是今天的蘇州，它的南邊是越國（浙江）。越國的祖先是夏朝「少康中興」那個少康的小兒子，越人的風俗也是薙髮紋身，亦即古時候中國東南方的百越之地都是「紋身一族」。至於「百越」的稱呼，是因為浙江境內多山、多河，地形切割造成許多不同部族，統稱之為百越，到今天浙江的方言仍然繁多，口音非常多元化且不易聽懂（例如溫州話）。

詩人以「百越文身地」比喻被貶謫到蠻荒地區，他的心情複雜、激盪猶如「江流曲似九迴腸」，這一句是借用司馬遷〈報任少卿書〉中的「腸一日而九迴」。

司馬遷因為替李陵抱屈，觸怒了漢武帝，被處以宮刑，引為奇恥大辱，可是他忍辱負重，寫成了《史記》，然而當時人都認為他被割掉了男子最重要的器官，卻仍「苟且貪生」而不齒其所為。任安（少卿）是司馬遷的好朋友，後來因涉入宮廷奪權鬥爭而下獄，司馬遷就寫了一封長信安慰他，同時藉機表明「死有重於泰山，或輕於鴻毛」，自己忍辱苟活是為了寫成《史記》，「藏之名山，傳之其人」，可是忍受屈辱的滋味卻是「腸一日而九迴」，無時無刻不刻骨銘心，但外人卻難以體會，猶如腸內絞痛一般。

司馬遷在《史記‧太史公自序》當中，更詳細的說明了他決定忍辱偷生的心路歷程：「昔日周文王被商紂王囚在羑里，推演出《易》經卦辭；孔子在陳、蔡遭到困厄，乃作《春秋》；屈原被放逐而著《離騷》；左丘明失明而編《國語》；孫臏被刖而作兵法；呂不韋遭流放而作《呂氏春秋》；韓非被囚禁而有〈說難〉、〈孤憤〉問世。上述這些不朽名家，都是內心積憤已久，無處發洩，所以才敘述前人故事，以開示後人。」

由於想通了這一層，司馬遷才能在「腸一日而九迴」的積憤心情之下，完成了《史記》。

司馬遷是政治犯，任安是政治犯，柳宗元和他同黨也是政治犯，所以這一句「江流曲似九迴腸」，既是絕佳的寫景，又是詩人遭流放的心情投射。

黃衣使者白衫兒

【賣炭翁】白居易

賣炭翁，伐薪燒炭南山[1]中。
滿面塵灰煙火色，兩鬢蒼蒼十指黑。
賣炭得錢何所營？身上衣裳口中食。
可憐身上衣正單，心憂炭賤願天寒。
夜來城外一尺雪，曉駕炭車輾冰轍。
牛困人飢日已高，市南門外泥中歇。
翩翩兩騎來是誰？黃衣使者白衫兒[2]。
手把文書口稱敕[3]，回車叱牛牽向北。
一車炭，千餘斤，宮使驅將惜不得。
半匹紅紗一丈綾，系向牛頭充炭直[4]。

1 指終南山，在長安南。
2 唐代宦官品級較高者穿黃衣，無品級穿白衣，此處指市宮使。
3 皇上的指令。
4 抵充木炭的價格。

這首樂府詩，白居易自注：「苦宮市也。」意謂貧苦百姓因為「宮市」而苦。什麼是宮市？

「宮」就是皇宮，「市」就是買賣。皇宮的採購作業過去由政府官員負責，唐朝中葉改由宦官接手，稱為宮市，也就是皇宮直接採購。

官吏負責皇宮採購，雖然難免貪污，可是由宦官直接採購，也無法「免除中間剝削」，反而由於宦官肆無忌憚，變成強行徵購，人民根本不敷成本。到後來，乾脆派出「白望」——穿著白衣在市場東張西望，看中什麼東西，只要說是「宮市」，老百姓大氣也不敢吭一聲，乖乖奉上。通常拿價值一百錢的宮內物品，去交換數千錢的貨物，最常見的「貨幣」，是將舊衣或破綢染成紫紅色，撕成尺寸給付。

這哪是買賣？根本就是搶劫！長安街上只要一見宦官，商家都急忙收攤打烊。來不及走避的，像詩中那位賣炭翁，遇到「黃衣使者白衫兒」，「手把文書口稱敕」，一車炭只換得牛頭繫上「半匹紅紗一丈綾」，於是他的「身上衣裳口中食」就沒有著落了。長安城外正是積雪盈尺的寒天，老百姓真是苦啊！

徐州節度使張建封到京述職，朝見皇帝時，向唐德宗陳述宮市之害，德宗詢問戶部侍郎蘇弁，蘇弁不敢得罪宦官，居然回答：「京師有一萬多人家靠著宮市維生。」昏君唐德宗居然深信不疑。這現象直到唐憲宗「元和中興」才下令禁止。

白居易會寫出這樣的詩，顯見他是關心生民疾苦的一位士人，可是這種人在盛世聖君時代才有機會一展抱負，在衰世昏君時代卻注定倒楣——誰教你自鳴清高？

在那個黨爭劇烈，滿朝文武無人能倖免於「不表態」的環境下，白居易很努力的不捲進黨爭，可是，黨爭的遊戲規則是「不是同志，就是敵人」，不表態就不是同志，於是他也免不了被陷害。

白居易在唐朝中央政府的官職是太子左贊善大夫，太子宮僚屬不涉常務，理論上可以避開當權派的黨爭，可是中傷他的人說他「浮華無行」、「甚傷名教」，詩人難免浪漫，卻也成了罪名。又因為朝中沒有「同志」，於是先被貶江州刺史，半路上再追貶江州司馬，他那有名的〈琵琶行〉：「……千呼萬喚始出來，猶抱琵琶半遮面，……座中泣下誰最多，江州司馬青衫溼。」就是被貶期間的作品。

從江州回京，白居易和劉禹錫成了晚年至交（兩人都已近六十歲）。有一次，劉禹錫問「李黨」首領李德裕：「最近有沒有看白居易的文集啊？」

李德裕說：「感謝你好幾次送來，我都收在箱子裡，今天為了你，就打開看一看吧！」

打開箱子，文稿滿滿，上面都是灰塵。李德裕打開後又蓋起來，說：「這個人的文章，不必看了。」

李德裕為什麼那麼排斥白居易？原來，白居易跟他的死對頭「牛黨」領袖牛僧孺的私交很親密──敵人的密友，怎麼可能是同志！

問題在於，白居易雖然和牛僧孺情逾手足，可是白居易並未因此涉入黨爭，否則至少也會在牛僧孺得志之時，風光一陣子。且從白居易由江州寄給牛僧孺的詩中二句「終身膠漆心應在，半路雲泥跡不同」看來，私交是如膠似漆的，可是行事卻有雲泥之別。但是政敵只見你倆私交，哪管形式作風？

此外，白居易曾以鶴為喻，贈詩給中唐一位良相裴度：「夜棲少共雞爭樹，曉浴先饒鳳占池。」裴度是那個時代聲望最高的政治家，擔任宰相二十多年，李德裕、李宗閔（牛黨主角之一）都是他提拔的。儘管如此，在朋黨相互排擠的政局當中，連他都不免「累為奸邪所排」。白居易這兩句詩的意思是：你和鶴一樣脫俗不群，管他是雞還是鳳凰（小人或君子），都不必跟他們爭。可看出白居易不喜歡介入權力鬥爭。

終於，白居易厭倦了京師的黨爭，自請外放杭州，在杭州刺史任上，他修葺西湖，築了一條「白堤」（參考「護江堤白踏晴沙」）。當年修這道堤可不是為了增添觀光景點，而是水利需要，其功效是「瀕湖千餘頃無凶年矣」。

這樣一位心懷人民疾苦，又有能力為農民「拼經濟」的人才，卻因朝廷黨爭而一生顛沛，只留下文學作品供後人傳誦，對當時的人民真是莫大的損失。由此亦可見，黨爭的結果必致國力內耗、人才荒廢，古今皆然。

雲橫秦嶺家何在？雪擁藍關馬不前

【左遷至藍關示姪孫湘】 韓愈

一封[1]朝奏[2]九重天，夕貶潮州路八千。
欲為聖明除弊事，肯將衰朽惜殘年？
雲橫秦嶺家何在？雪擁藍關馬不前。
知汝遠來應有意，好收吾骨瘴江[3]邊。

1 封事，指給皇帝的意見書。
2 朝奏與夕貶，形容得罪之快。
3 潮州的韓江，在唐代是瘴癘之地。

「八仙過海，各顯神通」，八仙各有自己的法寶：李鐵拐的龍頭拐、漢鍾離的樂鼓、張果老的毛驢、何仙姑的花籃、呂洞賓的葫蘆、曹國舅的笏版、藍采和的玉板，以及韓湘子的紫金簫。「八仙」之一的韓湘子手中那支紫金簫，據說是南海紫竹林裡的神竹製成，南海紫竹林是觀世音清修所在，以此推論在神仙世界裡，佛道之間關係良好，否則韓湘子絕無可能得到紫金簫，甚至未必願意以那支來自佛門的簫，做為自己的註冊商標。

可是到了凡俗人世，佛道開始門戶森嚴，甚至積不相容，若再摻雜政治因素，甚至出現你死我活，不共戴天的局面——這首詩的故事可為一例。

韓湘是唐代大文豪韓愈的姪孫（輩份隔了四代，但實際年齡可能沒差那麼多），素性恬淡，「佳人美女不能動其心，佳餚美釀不能喪其志」，不愛讀書不求功名，只喜歡鑽研道術修煉。韓愈屢次勸他做學問，韓湘卻回答：「我所學和您所學是大不相同的。」因而經常遭到這位文豪叔公的斥責。

韓湘巧遇呂洞賓和漢鍾離，就追隨他二人學道，得其真傳，後來為了採摘仙桃，樹枝折斷，墮地而死，屍解成仙。韓湘子成仙後，就想度化韓愈，可是韓愈始終不信。

有一年，大旱，皇帝命韓愈去南壇祈雨雪，韓愈祈求多次，天不降雨雪，正恐無法交差，韓湘子變做一個道士，在大街上揚言有能力求得天降雨雪，韓愈聞報，趕緊派人去請來這位道士。韓湘子登臺作法，不多久，天降鵝毛大雪，韓湘子叫韓愈派人去量降雪高度「剛好三寸」，一量之下，果然不差，韓愈由是漸漸相信道術。

又一次，韓愈過生日，設宴款待前來道賀的親朋好友，韓湘子翩然而至，韓愈在席間考較韓湘子，要他即席作詩，韓湘子吟詩自詡「能開頃刻花」，並且當場表演，聚土成堆，頃刻間土中冒芽生葉，開出一朵牡丹般大的碧花，花上居然有二行金字：「雲橫秦嶺家何在？雪擁藍關馬不前。」韓愈問他，那兩句是什麼意思？韓湘子說：「天機不可洩露，日後自會應驗。」席散，飄然而去。

唐憲宗時，皇帝下詔迎佛骨入宮奉養。這佛骨就是曾經來台灣並造成轟動的「佛骨舍利」，相傳是釋迦牟尼佛死後火化生成的舍利子，其中一粒手指骨流傳到中國，一直供養在西安法門寺，每三十年才公開展覽一次，供信徒膜拜。

唐朝皇帝共有七次將佛骨迎入宮中，由皇帝親自供養，第一次是唐太宗，那一次的衝擊就不小。因為，唐高祖李淵入主中國，他的血統裡有著鮮卑族的DNA，為了統治的正當性，他以「李」姓上溯老子李耳，強調漢人血統。而老子又是道教的始祖（太上玄元皇帝），所以唐朝開國之初為了政治理由，打下了「道先佛後」的基調。可是佛教自南北朝時已經大興於中國（本書「南朝四百八十寺」已有述及），唐太宗本人更是信奉虔誠，所以派玄奘西行取經，又有迎佛骨之舉。

總之，那是一項有指標意義的動作，造成衝擊與議論乃是自然，但由於唐太宗的威權達於頂峰，議論的聲音不大，且唐太宗胸襟寬闊，縱使小有議論也受到包容，因而並未引起多大風波。

然而，唐憲宗時情況大不相同，唐朝歷經大亂，由盛轉衰，皇帝的權威大不如前。偏偏這一次迎佛骨入宮供養，韓愈上了一道〈諫迎佛骨表〉，表文中更有「佛本夷狄之人，不知君臣之義、父子之情」一段文字，這還得了，韓愈這傢伙不但反對佛教，還牽動了皇室血統的敏感神經，豈不罪該萬死！

唐憲宗雷霆震怒，把韓愈貶為潮州（廣東）刺史，而且「限日動身」。韓愈由長安往南行，在過秦嶺山脈時，寒風大雪，馬不能行，饑寒交迫，萬念俱灰之時，有一人「掃雪而來」，定睛一看，居然就是韓湘子，叔公問姪孫：「這是什麼地方？」韓湘子說：「這裡就是藍關，您還記得那朵花上的兩句詩嗎？」韓愈嗟嘆良久，說：「既然有此定數，我為你（那二句）補齊全詩。」於是，就成為本詩了。

姪孫為叔公在大雪中開路，找到投宿地方，兩人徹夜深談，韓湘子講述「修真之道」，韓愈心悅誠服。第二天，韓湘子取出一瓢仙藥送給韓愈，「服一粒，可以禦寒暑」，臨別，韓愈問：「我們後會有期嗎？」韓湘子說：「不知道。」

據說，韓愈後來也得道成仙，當然這種事無法證實，可是韓愈後來醉心煉丹修道之事，則是事實。

還君明珠雙淚垂

【節婦吟】 張籍

君知妾有夫，贈妾雙明珠；
感君**纏綿意**[1]，繫在紅**羅襦**[2]。
妾家高樓連**苑**[3]起，良人**執戟**[4]**明光**[5]裡。
知君用心如日月，事夫誓擬同生死。
還君明珠雙淚垂，恨不相逢未嫁時。

1 愛戀不捨的情意。
2 短襖。
3 園林或庭院。
4 一般指守衛宮殿。
5 漢朝的明光殿，有金玉珠寶為簾，晝夜光明。

單看字面意思，本詩似乎只是一位已婚婦人拒絕追求者，可是作者在詩題下注解：「寄東平李司空師道。」李師道是當時藩鎮大師之一的淄青節度使，還冠有「檢校司空、同中書門下平章事」的頭銜，也就是位列三公、宰相，權勢顯赫。本詩作者張籍是韓愈門下大弟子，寫這麼一首詩給李師道幹麼？原來這首詩的背後，有其歷史背景，張籍只是假託節婦，委婉推辭李師道的「青睞」。

場景先拉回前篇的韓愈與唐憲宗，看了前篇故事，讀者或以為憲宗是一位寧要佛骨、不要賢臣的昏庸皇帝，其實不盡然，唐憲宗在中唐時期號稱「元和中興」，但是這中興並非建立了多了不起的太平盛世，而是在那個藩鎮跋扈的年代，他曾短暫的重振了中央政府的威望（中興的是朝廷力量，而非人民福祉）。

當時全國四十八個藩鎮當中，不向中央申報戶口（戶口是納貢依據，不報戶口即剋扣財賦）的有十五鎮七十一州，按規定正常輸入財賦的只有八鎮四十九州，其餘雖有納貢，但不正常。唐憲宗採納宰相杜黃裳的建議，先拿較弱又不遜的藩鎮「開刀」，元和元年一年之內討平四川、夏綏、鎮海三鎮，中央政府聲勢大振，許多節度使於是才開始接受中央的「節度」。

接下來箭頭指向最大、最難搞的淮西節度使吳元濟，這個藩鎮擁兵十數萬，又扼住江南諸鎮輸送中央的要道，偏又跋扈異常，甚至曾縱兵侵入東都洛陽劫掠。唐中央政府調動了十六鎮的兵力，花了三年時間，才討平淮西。

這裡就得提到李師道。淄青節度使本來是李納，李納死後傳給兒子李師古，李師古死後，部下將校擁立他的異母弟弟李師道。憲宗要討伐淮西，李師道數次上表請求特赦吳元濟，憲宗不准，由於李師道態度傾向同情吳元濟，所以動員大軍就沒有徵召淄青軍隊，李師道眼看苗頭不對，派大將領兵三千開往壽春（接近淮西），聲稱支援官軍討伐，其實是想伺機援助吳元濟。

李師道蓄養了數十位江湖豪傑，這些人給他出點子：「用兵所急，莫先於屯積糧草，如今江淮儲糧都屯在河陰，建議派出特戰部隊去燒糧倉，同時招募無業游民惡少劫掠洛陽、焚燒宮闕，那樣的話，朝廷搶救心腹重地都來不及，這可算是支援淮西的奇兵。」李師道准許，於是召募流氓、盜賊數十人，燒糧倉、劫都市，又發動中央「內應」上書請求停止征伐，但是朝廷不准。

朝廷不准是因為主戰派當道，韓愈就是其中之一，而最強硬的是兩位宰相：武元衡和裴度，其中武元衡更掌控對淮西的全盤軍政大權。

李師道的江湖門客再向他建議：「天子之所以堅持征討淮西，全靠武元衡襄助，建議派刺客秘密前往京師刺殺武元衡，武元衡一死，其他人聞風喪膽，就不敢主戰，一定會勸皇帝罷兵。」李師道認為此計甚佳，以重金激勵刺客出任務。

一天清晨，天色未亮，宰相武元衡上朝途中，刺客突然出現，隨從一下子跑光光，刺客抓住武元衡騎的馬，拖行十餘步，然後殺了武元衡，並且砍下他的頭顱逃逸。刺客同時襲擊另一位宰相裴度，擊中頭部，墜入溝中，幸而裴度的氈帽很厚，逃過一死，裴度的一位隨從自後方抱住刺客，大聲呼叫，刺客砍斷那位隨從的手臂逃走。

上述情節描述得非常詳細，顯然是目擊者的筆錄，於是整座京城沸沸揚揚，大官人人自危，宰相出入都由皇宮侍衛（金吾騎士）張滿弓、刀出鞘隨行，甚至有官員不敢出門，連皇帝上朝許久都尚未能到齊。刺客甚至留下字條在皇宮侍衛處與京城附近府縣衙門說：「別急著追捕我，否則我先殺你。」

憲宗為此大發雷霆，全面地毯式搜捕刺客，下決心一定要討平淮西，授權裴度負責軍事，終於攻克吳元濟的根據地蔡州，淮西歸附。

淮西被討平之後，李師道開始恐慌，上表自願削減三個州（原有十二州）的轄區，並且將長子送到京師當人質，憲宗批准了這項請求，但是李師道事後又反悔。李師道起初上表請罪是接受將領和幕僚的建議，可是他決定反悔卻是和妻妾婢商量的結果，於是種下他日後殺身之禍的因子。

朝廷派李遜去「接收」三州，但是李師道將軍隊擺開陣勢「迎接」李遜，李遜只好識趣回京，向皇帝報告：「李師道反覆無常，必須用兵。」

唐憲宗很火大李師道，可是剛才打完一場大仗，官軍得休息整補，於是布置了三位新任節度使，準備對淄青用兵。然而，藩鎮擁兵自重已是積習難改，新的節度使很快就成了新的軍閥，三鎮相互猜忌，都不肯率先出兵（以免折損實力），讓李師道多過了一年好日子。結果是李師道的部將叛降，軍士動輒嘩變，這下子各路軍閥紛紛「搶進」，蠶食他的轄區，李師道憂悸成疾，終於病死。在朝廷正對淮西用兵之時，明知李師道立場不穩，但不得不籠絡他，於是加冠三公與宰相稱號，李師道則內蓄死士，外結中央官員以求自保，張籍就是他拉攏的目標之一。

張籍是韓愈門下，當然不受李師道勾引，可是對方權大勢大還有刺客，一介文人不敢強硬拒絕，只好寫詩表態，既說「與夫同生死」，還得「恨不相逢未嫁時」，堪稱委婉曲筆的經典作品。

畫眉深淺入時無

【閨意】朱慶餘

洞房昨夜停紅燭，
待曉堂前拜舅姑[1]。
妝罷低聲問夫婿，
畫眉深淺入時無[2]。

1 指丈夫的父母，也就是公婆的意思。
2 疑問語助詞。

前篇「還君明珠雙淚垂」是文人以節婦角色婉謝軍閥籠絡，本詩則是文人以新嫁婦角色婉轉向政要表態，二者用意恰恰相反，但「技巧」則一致。

作者朱慶餘是個新出道詩人，有機會遇到已成名的詩人張籍，張籍很欣賞他，就向他索取作品，置於懷袖之中。過了幾天，朱慶餘就寫了這首〈閨意〉，末句的意思表面是問：「眉毛的畫法合不合時下流行啊？」其實是探詢張籍對他詩稿的看法如何？

張籍回朱慶餘一首詩：

越女新妝出鏡心，

自知明艷更沉吟。

齊紈未足時人貴，

一曲菱歌敵萬金。

第二句的意思是：你心裡其實自知明艷照人，還偏要故做沉吟，第四句則是高度推崇。由於張籍的推崇，朱慶餘立即聲名鵲起，不久就考取了進士。

至於「畫眉」的典故，出自「張敞畫眉」：

張敞是漢宣帝時的京兆尹（首都市長），由於受他人牽連而遭彈劾，隨時就會下台，但張敞本人秉持「做一天和尚撞一天鐘」原則，仍然堅守職分認真工作。之前，張敞曾經派一個名叫絮舜的刑吏去偵辦一件竊盜案，絮舜眼看張敞官位不保，於是打混摸魚，還對同僚說：「張公已經是五日京兆（在位時候不多了），我還辦什麼案？」

張敞聽說，立即下令拘押絮舜。當時已接近年底，漢朝的刑律規定每年十二月處決犯人，張敞因而下令加速嚴辦絮舜，行刑之前，派人去對絮舜說：「五日京兆如何？你又能再活幾天？」

絮舜的家屬用車輛載著屍體，將張敞的命令放在上面，向有關單位投訴，於是張敞被彈劾的公文也被加速辦理—張敞免職，貶為庶人。但是，張敞免職之後，京城的治安卻向下沉淪，漢宣帝想起了張敞，再任命他擔任刺史。

張敞的作風如此嚴刻，當然樹立了很多敵人，只要抓到題目就拿出來打擊他，包括他的私生活。

張敞和他的妻子十分恩愛，偶爾還幫老婆畫眉毛，如此行為換在今日，他一定會被媒體報導為「新好男人」，但是在當時的大男人社會當中，一個大官做小兒女態，多少有些損及政府官員的形象。這件事被當成小報告材料，漢宣帝有一次就問張敞有沒有這回事？張敞回答：「臣聽說，閨房之內，夫婦之私，有更多超過畫眉的事情。」皇帝聽了認為有理，於是這個小報告就不成立了。

「張敞畫眉」於是成為閨房雅事的典故，而不是有辱官體的行為，因而朱慶餘的詩中用此典故，雖不免夤緣請託之嫌，卻不致失之輕佻。

至於「五日京兆」成語典故原本是說「即使任期沒幾天了，仍應該堅守崗位，不可鬆懈責任」，但是今日一般的應用，多半只著重在「任期已近尾聲」，暗示「無所作為矣」或「時不我予」，那是桀舜的思考，而非張敞的思考。

有花堪折直須折，莫待無花空折枝

【金鏤衣】杜秋娘

勸君莫惜**金鏤衣**[1]，
勸君須惜少年時。
有花**堪**[2]折直須折，
莫待無花空折枝。

1 此指以金色絲線編織而成的衣服。
2 可以、能夠的意思。

這是中唐時期的一首流行歌詞，作者是鎮海節度使李錡的侍妾杜秋，李錡酷愛此歌，經常叫杜秋在宴席上演唱。杜秋是問州（江蘇鎮江）人，十五歲就被李錡買去當歌舞姬，因為這一首〈金縷衣〉著實天然工妙且深具哲理，杜秋成為李錡的寵妾。

前篇提及唐憲宗「元和中興」討平諸藩鎮，李錡見中央氣勢頗盛，上表請求入朝（向中央述職），中央批准了他，可是李錡擔心這一去搞不好會被留下來當個掛名宰相，實質上失去了兵權與根據地，就一再藉故拖延。宰相武元衡對皇帝說：「李錡說要入朝，已經批准他入朝；如果說不來就可以不來，那朝廷如何節制四海？」憲宗於是下詔要李錡即刻入京，任命他做宰相，另派節度使，這一下逼反了李錡。

李錡派手下兵馬使張子良、李奉仙、田少卿率三千兵馬襲擊宣州，三人看出李錡必敗，因而倒戈攻擊李錡，李錡的外甥裴行立與三將串通作為內應，抓住李錡，將他裹起來縋下城牆，交給三將囚送長安，父子一齊腰斬處死。

有一個傳說是：李錡在解送途中，撕裂衣服，在布條上自書冤情，教一名侍婢藏在內衣裡，說：「我死了，妳一定會被徵收進皇宮，妳有機會就拿給皇帝看，為我申冤。」後來憲宗看到了這份「帛書」，才准京兆尹為李錡父子收葬。

傳說那位侍婢就是杜秋，但這一段無可考證。倒是杜秋入宮以後，由於歌舞出眾，受到憲宗寵愛，封為「秋妃」。

憲宗「元和中興」只有曇花一現，因為他英年（三十歲）早逝，只有在位十五年。繼位的唐穆宗派杜秋擔任皇子漳王李湊的保母，可是穆宗也只做了四年皇帝，之後的唐敬宗又只做了二年。

樞密使王守澄與宦官內外相結，迎立敬宗的弟弟江王李昂繼位，是為唐文宗。宰相宋申錫密謀政變，欲立李湊為帝，結果事機不密而失敗，李湊被貶為庶民（因為只是傀儡，所以不殺頭），杜秋也受到牽累，遣送回故鄉終老。詩人杜牧在鎮江看到老年的杜秋，衣食簡單、人老珠黃，感慨她的身世，寫了一首〈杜秋娘詩〉，細述她的故事。詩中敘述「四朝三十載，似夢復疑非」（杜秋歷經憲宗、穆宗、敬宗、文宗四朝），描述她的晚景淒涼景況：「寒衣一尺素，夜借鄰人機」（向鄰人借紡織機，利用晚上織布禦寒），一代佳人晚景堪憐。

自稱臣是酒中仙

【飲中八仙歌】杜甫

知章騎馬似乘船，眼花落井水底眠。
汝陽三斗始朝天，道逢麴車口流涎，恨不移封向酒泉。
左相日興費萬錢，飲如長鯨吸百川，銜杯樂聖稱避賢。
宗之瀟灑美少年，舉觴白眼望青天，皎如玉樹臨風前。
蘇晉長齋繡佛前，醉中往往愛逃禪。
李白一斗詩百篇，長安市上酒家眠，
天子呼來不上船，自稱臣是酒中仙。
張旭三杯草聖傳，脫帽露頂王公前，揮毫落紙如雲煙。
焦遂五斗方卓然，高談雄辯驚四筵。

杜甫以詩歌描繪當時八位酒仙，用人物速寫筆法，構成栩栩如生群像，而這八位的酒品也稱得上「仙」，不是一般的酒鬼。

排名第一的賀知章在當時負有盛名，可是留下的詩文不多，最受傳誦的是那首：

少小離家老大回，鄉音無改鬢毛衰。
兒童相見不相識，笑問客從何處來？

事實上，他真的就是以飲酒聞名，尤其和李白是酒逢知己千杯少，有一次為了要喝得盡興，兩人身上的錢都喝光了，賀知章解下身上佩帶的金龜叫人拿去換酒。

李白有很多外號，其中有二個就是賀知章「送」的。

賀知章讀了李白的〈蜀道難〉後說：「公非人世人，豈非太白星精耶！」於是李白又稱「李太白」；他讀了〈烏栖曲〉後說：「此詩可以泣鬼神矣！子，謫仙人也。」於是李白又有「謫仙」的稱號。

至於「騎馬似乘船」又另有典故：西晉竹林七賢之一的阮咸喝了酒，騎在馬上搖搖晃晃，人家形容他「個老子如乘船游波浪中」，杜甫以此形容賀知章的醉態。

汝陽王李璡是唐玄宗的姪兒，既是皇族又頗受聖寵，所以敢飲酒三斗才上朝拜見天子。說他看到麴車會流口水，以及恨不得將他的封地遷到酒泉，都是形容他嗜酒如命。至於酒泉地名的由來，是相傳那裡「城下有金泉，泉味如酒，故名酒泉」——一個泉味如酒的地方，當然要讓嗜酒如命的人嚮往。

「左相」是李適之，擔任過左丞相，後來被李林甫排擠而下台，下台後作詩自我解況，「避賢初罷相，樂聖且銜杯」，意思是不跟李林甫爭權（事實上也爭不過），而好酒貪杯意在表達無心權位，不易再受政治上的「二度傷害」，雖是一種認輸的表現，但是比起那些垮台後仍汲汲於復出，卻被趕盡殺絕的人可聰明多了。

崔宗之與蘇晉是兩位瀟灑名士，脫略於名利。崔宗之襲封齊國公，看不慣官場醜態，所以「滿腹牢愁，借酒發揮；舉杯向天，白眼閱世」，杜甫形容他「皎如玉樹臨風前」，其人英俊瀟灑可知。蘇晉喜歡參禪，吃長齋，一位大和尚慧澄送他一幅繡像彌勒佛，他說：「這位佛好飲米汁（酒），正合我的性情，我應當好好事奉祂，其他佛就免了。」可見他處在「齋」與「酒」的矛盾之間，酒經常戰勝佛！

李白好酒，已不消多作說明，「天子呼來不上船，自稱臣是酒中仙」，有沒有真實事蹟？不重要！這兩句把李白的浪漫豪放、傲視權貴個性，形容得淋漓盡致。

張旭是書法大家，號稱「草聖」，尤其是喝醉酒以後「號呼狂走，索筆揮灑，變化無窮，若有神助」。唐文宗曾將李白的詩、張旭的草書、裴旻的劍舞稱為「三絕」。（只可惜當年沒有攝影機，劍舞不能流傳後世。）

焦遂是「飲中八仙」唯一的布衣平民，他有口吃的毛病，常常一句話在口中卻講不出來，只有在醉後，高談闊論、妙語如珠，因而時人稱他為「酒吃」。他說自己是「不到五斗不見其才」，所以必得喝下五斗方才卓然出眾。

醉月頻中聖，迷花不事君

【贈孟浩然】李白

吾愛孟夫子，**風流**[1]天下聞。
紅顏[2]棄**軒冕**[3]，白首臥松雲。
醉月頻中聖，迷花不事君。
高山安可仰，徒此**揖**[4]清芬。

1 風采高華的意思。
2 指少年。
3 官爵的意思。
4 推崇效法的意思。

古代士人「十年寒窗」為的還不是「一舉成名」？可是一旦「不才明主棄」，往往縱情詩酒，而且滿腹懷才不遇。而孟浩然卻是真的不在乎功名。

孟浩然出身書香世家，年少時即享有盛名，甚至宰相張九齡和王維等一班名詩人都和他詩文往來。郡守韓朝宗想做個順水人情，帶著他赴京師準備推薦給朝廷，心想孟浩然應該很快就得重用，這豈不是揀著「現成便宜」？

孰知，孟浩然到了長安，一批文友聞訊而至，飲酒談詩，有人好意提醒他：「你不是和韓公有約嗎？」孟浩然說：「都已經喝到這個地步了，哪還理會那檔事？」孟浩然沒去赴約，韓朝宗一怒之下打道回郡，一個大好的仕進機會就此錯失，但孟浩然卻毫不後悔。

這裡插一個「中聖」的典故：三國時，魏帝曹丕下達禁酒令，（不知是否和曹植愛喝酒有關？）徐邈偷喝酒，帶著宿醉上班，同事趙達問他為何精神不集中，徐邈說：「我中了聖人。」原來，當時的嗜酒族為了掩飾喝酒違禁行為，對酒的代號是：清酒為「聖人」，濁酒為「賢人」（猶如今日年輕人稱抽煙為「哈草」），開口都是「聖賢事」，甚至是談酒經。

而李白詩中說孟浩然「醉月頻中聖，迷花不事君」，除了前句講他前述因飲酒誤了官運的故事之外，後一句另有一個故事：

孟浩然的〈歲暮歸南山〉詩為：

北闕休上書，南山歸敝廬。
不才明主棄，多病故人疏。
白髮催人老，青陽逼歲除。
永懷愁不寐，松月夜窗虛。

孟浩然在歲末年終回家過年，寫了這首詩，開春後，王維邀他到辦公室聊天，剛好唐玄宗駕臨（王維官居尚書右丞，尚書省相當內廷秘書處），玄宗素聞孟浩然文名，就向他索取作品，孰料孟浩然從懷中拿出來的就是這一首詩，玄宗對「不才明主棄」一句大為惱怒，對孟浩然說：「你自己不愛做官，為何誣賴我不賞識你？」這下惹惱了皇帝，當然是「永不錄用」嘍！也注定了孟浩然一輩子「不事君」的命運，晚年潛心修道，過他「白首臥松雲」的日子。

李白自己也是這種個性，也曾「天子呼來不上船」，可是他的運氣比較好，皇帝欣賞他，所以得享「貴妃捧硯，力士脫靴」的恩寵。雖然自己得享富貴榮華，但他對孟浩然這位「詩酒道」的同好，依然「高山仰止」推崇備至。

人面桃花相映紅

【題都城南莊】

崔護

去年今日此門中，
人面桃花相映[1]紅。
人面不知何處去，
桃花依舊笑春風。

1 互相照映的意思。

這首詩本身有一個故事：

崔護進京考進士，落第，就留在長安讀書準備下一次考試。清明節那天，他一個人到城南郊外遊逛，見到一個獨立莊園，屋宅很大，花木很多，可是卻寂若無人。他上前叩門，好久好久才有一名女子從門縫中向外窺視，問：「是誰呀？」

崔護報了姓名，說：「尋春獨行，酒渴求飲。」這裡說「尋春」是指春天郊遊，不是指尋花問柳，「酒渴」當然也不是討酒而是討杯水喝。那女子給了崔護一杯水，讓他進門在院子裡坐下，自己則倚在一株桃樹旁站著等他喝完。

崔護見這女子生得標致動人，又有那麼一點點「意思」，就用言語挑逗她，那女子完全不回應，一雙眼卻始終「行注目禮」。崔護一杯水喝完了，再不捨也只好告辭，那女子送他出門時，又透露出一絲不勝之情。崔護當時心頭有些恍然若失，可是回去後就陷入書陣「拼大考」，忘了那一次的尋春偶遇。

隔了一年，清明節又到了，崔護想起去年的事情，忽然「情不可抑」，就再前往城南那座莊園，門牆依舊，卻只見大門從外頭上了鎖。於是在門扉上題了這一首詩，「人面桃花」的故事也流傳至今。

後人好事，將這個故事編成《桃花緣》話本，女主角也有了名字叫「絳娘」，增添情節：絳娘以為崔護還會再來，日日思念，憂鬱成疾，而崔護隔年來訪當天，絳娘恰巧去掃墓，回來見門扉上題詩，以為痛失交臂，就此一病不起。崔護過了幾天，不死心，再去尋訪，卻從一位老翁口中得知噩耗，前往哭靈，淚水喚回了絳娘的魂魄，死而復生，兩人結為夫妻，白首偕老。

《桃花緣》是喜劇收場，結局的「淚水魔力」類似西方童話「睡美人」裡白馬王子的那一吻。但是，這麼一來，原先故事裡女主角的那一分「似有若無」的感覺，卻消失殆盡了。

昔人已乘黃鶴去，此地空餘黃鶴樓

【黃鶴樓】 崔顥

昔人已乘黃鶴去，此地空餘黃鶴樓。
黃鶴一去不復返，白雲千載空悠悠[1]。
晴川歷歷[2]漢陽樹，芳草萋萋[3]鸚鵡洲[4]。
日暮鄉關何處是？煙波江上使人愁。

1 久遠的樣子。
2 清楚明白的樣子。
3 草木茂盛的樣子。
4 沙洲名。

黃鶴樓位在湖北武昌黃鶴山頂，最早建於三國時代（一千七百年前），當時是做軍事用途，因為登上樓頂「千里景物一覽無遺」，後來毀於戰火，明、清、民國都曾重建，現在的黃鶴樓建於一九八一年（文化大革命以後）。

黃鶴樓和岳陽樓、滕王閣並稱中國史上三大名樓，但黃鶴樓又有「天下江山第一樓」之稱。岳陽樓在湖南岳陽，以俯瞰洞庭湖聞名；滕王閣在江西南昌，以俯瞰鄱陽湖聞名；但皆不若黃鶴樓可以看到長江上、下游數千里，更何況還有仙人乘鶴的傳說。

仙人乘黃鶴而去的傳說，有三個版本：

《南齊書》記載：武昌的蛇山上有黃鶴樓，相傳古時有一位仙人黃子安曾經乘黃鶴經過那裡，因而得名。

《太平寰宇記》記載：三國蜀漢的費禕得道，死後屍解升仙，曾經駕黃鶴經過此地，於是稱為黃鶴樓。費禕的名字在諸葛亮〈出師表〉出現過，而蜀地修道之風有其歷史淵源（參考本書序文〈蜀道難〉的故事），仙化不死之說，其來有自。

《報應錄》記載：有一位賣酒的辛老闆，經常免費招待一位衣衫襤褸的貧士，有一天，貧士對辛老闆說：「我欠了你很多酒錢，無力償還，拿這個還你。」就從手邊籃子裡取出橘子皮，在牆上畫了一隻黃色的鶴，然後以手打拍子唱起歌來。一會兒，牆上的黃鶴居然跟著節拍起舞，酒店裡的其他酒客見此奇觀，紛紛掏錢付費欣賞。如此過了十年，辛老闆累積了不少財富，有一天，那位文士吹起笛子，一朵朵白雲悠然而下，牆上黃鶴隨著白雲騰空而起，文士跨上黃鶴，飛天而去。後來，辛老闆就出資建了黃鶴樓。

崔顥這首〈黃鶴樓〉，看來是根據第三個故事而寫的，前四句等於重述故事。這首詩被後人譽為「唐代七言律詩第一名」，更有一說，李白登黃鶴樓欲賦詩，看到崔顥這一首，為之擱筆歎息：「眼前有景道不得，崔顥提詩在上頭。」

詩仙李白尚且如此推崇本詩，因此，本書乃以這個故事壓卷。

國家圖書館出版品預行編目資料

公孫策說唐詩故事／公孫策作 . -- 初版. - 臺北市
：商周出版：城邦文化發行, 2003[民 92]
面； 公分. --（中文可以更好系列：10）

ISBN 986-124- 067-5（平裝）

856.9 92016728

中文可以更好 10

公孫策說唐詩故事

作　　者／公孫策
主　　編／林宏濤
責任編輯／程鳳儀

發 行 人／何飛鵬
法律顧問／中天國際法律事務所　周奇杉律師
出 版 者／商周出版
台北市 100 愛國東路 100 號 2 樓
電話：(02) 23587668　傳眞：(02)23419479
E-mail：bwp.service@cite.com.tw
發　　行／城邦文化事業股份有限公司
台北市 100 信義路二段 213 號 11 樓
聯絡地址：台北市 100 愛國東路 100 號 4F
電話：(02) 23965698　傳眞：(02) 23570954
郵撥：1896600-4 戶名：城邦文化事業股份有限公司
城邦閱讀花園網址：www.cite.com.tw
E-mail：service@cite.com.tw
香港發行所／城邦（香港）出版集團有限公司
香港北角英皇道 310 號雲華大廈 4/F, 504 室
電話：25086231　傳眞：25789337
馬新發行所／城邦(馬新)出版集團【Cite (M) Sdn. Bhd. (458372 U)】
11, Jalan 30D/146, Desa Tasik, Sungai Besi,
57000 Kuala Lumpur, Malaysia
電話：603-90563833　傳眞：603-90562833
E-mail : citekl@cite.com.tw

封面設計／徐璽
版型設計／張瀅渝
電腦排版／冠玫電腦排版股份有限公司
印　　刷／韋懋印刷事業有限公司
經 銷 商／聯合發行股份有限公司
電話：(02)2917-8022　傳真：(02)2911-0053
地址：新北市231新店區寶橋路235巷6弄6號2樓

■2003年（民92）11月5日初版
■2016年（民105）7月21日初版11.5刷
Printed in Taiwan

定價 / 199 元
 ISBN 986-124- 067-5